水孩子

[英]查尔斯·金斯莱/著
主编：罗杰

吉林美术出版社|全国百佳图书出版单位

图书在版编目（CIP）数据

水孩子 / 罗杰主编. -- 长春 : 吉林美术出版社,
2015.1（2017.4 重印）
（原著无障碍阅读丛书）
ISBN 978-7-5386-9258-7
Ⅰ. ①水… Ⅱ. ①罗… Ⅲ. ①童话—英国—近代
Ⅳ. ① I561.88

中国版本图书馆 CIP 数据核字（2014）第 307258 号

原著无障碍阅读丛书

水孩子

主　　编　罗　杰
出 版 人　赵国强
责任编辑　陈　鸣
责任校对　张书径
封面设计　南　木
开　　本　650mm×950mm 1/16
字　　数　150 千字
印　　张　10.5
印　　数　1—5000 册
版　　次　2015 年 1 月第 1 版
印　　次　2017 年 4 月第 2 次印刷
出　　版　吉林美术出版社
发　　行　吉林美术出版社图书经理部
地　　址　长春市人民大街 4646 号
　　　　　　邮编：130021
网　　址　www.jlmspress.com
印　　刷　北京盛华达印刷有限公司

ISBN 978-7-5386-9258-7　　定价：19.80 元

目 录

第一章……………………………1

第二章……………………………25

第三章……………………………41

第四章……………………………63

第五章……………………………79

第六章……………………………98

第七章……………………………116

第八章……………………………135

结尾和教训………………………163

第一章

名师导读

一个普通的扫烟囱的小孩，过着最贫穷的生活，那么他在扫烟囱的时候会遇到什么有趣的事情呢？故事从这里开始。

从前有个扫烟囱的小孩，名叫汤姆。这个名字很短，你从前也听见过，所以你记起来是不会有多大的困难的。

他住在北方一个大城市里；城里有很多的烟囱要扫，所以汤姆有很多的钱可赚，汤姆的师傅因此就有很多的钱可花。【阅读能力点：道出了汤姆的工作以及他生活在社会最底层的事实。】汤姆不会读书，也不会写字，他自己也不想读书写字。他从不洗脸，他住的院子那边也没有水。

他在一天当中，有时候哭，有时候笑。碰到要爬上黑暗的烟囱，把他的膝盖和臂肘擦破皮时，他就哭；碰到煤灰迷了眼睛，他也哭，这种事情是天天都有的。他师傅打他时，他也哭，这也是天天都有的。他肚子吃不饱时也哭，这同样也是天天有的。可是跟别的孩子掷铜钱，或者跳田鸡，一根根木桩跳过去；或者看见有人骑马跑过时向马腿扔石子，碰到这种时候，在这些游戏当中，他就笑了。尤其是向马腿扔石子，如果附近有堵墙可以给他躲起来的话，最够味儿。

至于扫烟囱、饿肚子和挨打，汤姆认为这都是世界上应有的事情，犹如下雨下雪和响雷一样，也犹如老驴捱过一阵子冰雹一样，汤姆对这类事情总是勇敢地硬一硬头皮捱过去，然后摇摇头，照样欢欢喜喜，想着好日子总是要来的。【阅读能力点：描述了汤姆的纯真，以及对待困难时乐观的心态。】到那时候他将长大成人，而且是个扫烟囱的好手，坐在酒店里喝一大杯啤酒，抽着长烟斗，打纸牌时赌的都是银币，穿的是绒布衣服和皮靴，养一头有灰色耳朵的白哈巴狗，把小狗装在自己口袋里，就像一个男子汉一样。

他也要收学徒，收上一个，两个，三个，只要收得到就收。妙啊，他也要虐待他们，打得他们团团转，像他的师傅对待他那样。他要叫他们把装煤灰的口袋扛回家去，自己却骑着驴子走在他们前面，嘴里含一根烟斗，衣领钮扣孔里插一朵鲜花，像个国王走在自己军队的前面一样。【阅读能力点：孩子美好的想象向人们展现了他现在的悲惨生活。】对啊，好日子总是要来的；所以，只要逢到他师傅让汤姆喝一口他喝剩的啤酒的酒底时，汤姆就是城中最快活的孩子了。

有一天，一个神气十足（神气：自以为得意傲慢的神情。形容摆出一副自以为高人一等而了不起的样子。）的小马夫骑马来到汤姆住的院子里。汤姆这时躲在墙后面，正预备用块破砖扔那人的马腿，这是那一带地方对待生人的一种风俗。可是马夫瞧见了汤姆，就招呼他，问他那个扫烟囱的葛林先生住在哪儿。葛林先生原来就是汤姆的师傅。汤姆向来懂得生意经，对主顾总是客客气气，就悄悄地把破砖放在墙后，跑过来接生意。

那人叫葛林先生明天早上到约翰·哈特荷佛爵爷府上去，因为爵爷那里原来扫烟囱的人给关进监牢里去了，府里的烟囱没有人扫。说完他就上马走了，连汤姆也来不及问他那个扫烟囱的人给关进监牢是为的什么。汤姆自己也曾经有一两次给关进监牢，所以这事使他很感兴趣。还有，那个马夫的外表非常整洁——褐黄色的绑腿套，褐黄色的裤子，褐黄色的短外褂，打了一条雪白的领带，领带上插一根漂亮的别针，一张干净的红润的圆脸——这种派头最使汤姆厌恶。他认为这人是个傲慢无礼（态度傲慢，对人不讲礼节。）的家伙，穿了一身漂亮的衣服，装得神气活现（自以为了不起而显示出来的得意和傲慢的样子。），其实这些衣服全是别人买给他的。汤姆依旧走到墙后面去拾那破砖头。但是他一想，这人是来谈生意的，并没有恶意，也就算了。

他的师傅一听说有这么一个新主顾，快活得不像样子，把汤姆一拳打倒在地上。平时晚上他都是喝两杯啤酒，那天晚上他又多喝了几杯，为的是第二天一早好起来。他的理由是，一个人睡醒来时头越痛得厉害，就越要跑到外面去呼吸一下新鲜空气。第二天早上四点钟，他真的起来了，起来又把汤姆一拳打倒在地上，这样算是给汤姆一次教训（就像那些少爷们在学校里经常受着教训一样），好叫他这一天内特别安分一点；因为他要上一家大户人家去，只要能做得使主顾满意，好处可多着呢。汤姆也是这样的想法。【写作借鉴点：汤姆两次挨打，师傅和徒弟都认为理所当然，深刻地反映了当时不平等的社会阶级观念。】就是他师傅不打他，他也会极力装得规规矩矩的，因为世界上最了不起的地方该是哈特荷佛府了（虽然他并没有见过）；而且哈特荷佛爵爷或是约翰爵爷（他是见过的，因为汤姆两次都是被他送进监牢里去的）也是世界上最可怕的人。

哈特荷佛府的确是个了不起的地方，就在富足的北方也是个了不起的地方。一座庄园，养着很多鹿。汤姆把这些鹿认作专门喜欢吃小孩子的妖怪。这里有好几英里长的禁猎场，葛林先生和那些青年矿工有时候偷进去捉山鸡等野味吃。就在这种时候，汤姆瞧见了那些山鸡，心里盘算着这些山鸡吃起来不知是什么味道。一条壮阔的河流，河里出鲑鱼，葛林先生和他的朋友也想偷偷进去捉鱼，可是要捉鱼就得钻进冷水里，这个他们可不喜欢。总之，哈特荷佛府是个了不起的地方，而且约翰爵爷也是个了不起的老头儿，连葛林先生都尊敬他。葛林先生尊敬他是因为，如果葛林是罪有应得（应：应该。按罪恶或错误的性质，理应得到这样的惩罚。）的话，他就可以把葛林先生关进监牢里去。他每星期总有一两次把人关进监牢里去呢。葛林先生尊敬他，是因为好多英里长的土地都是他的产业；是因为在那些养着猎狗的一班乡绅中间，他是个快乐的、诚实的、讲道理的人。他认为应该怎样对待他的邻居，他就怎样对待。他认为自己应该拿什么，他就拿什么。不但如此，他的身体足有两百磅重；胸围有多少，谁也没法说。这儿打得过葛林先生的人很少，可是他要是跟葛林先生打一架的话，那准会把葛林先生打倒。不过，孩子，这事在约翰爵爷做来是不大好的。多少事情都是这样，尽管你心里非常想做，但是你不能做，这也是如此。葛林先生因为尊敬约翰爵爷，所以当约翰爵爷骑马经过城里的时候，葛林先生总要举手到帽沿向他敬礼。

我敢说，你们从来就没有在夏天半夜三点钟起来过（英国北方夏季天亮得特别早）。有些人夜里三点钟起来是为了捉鲑鱼；有些人三点钟起来是为了爬阿尔卑斯山；还有许许多多的人三点钟起来是因为他们没有办法，不得不起来，就像汤姆这样。【写作借鉴点：这一组排比采用对比的方法印证了汤姆的悲惨生活。】可是，说实在话，夏天半夜里三点钟起来是一天二十四小时里面和一年三百六十五天里面最最受用的时刻。至于为什么大家都不在这个时候起来，我也说不出，只好说他们故意要把白天做得了的事情放在晚上做，好毁掉自己的脑力和健康的肤色罢了。汤姆呢，既不在晚上八点半钟出去吃晚饭，也不在晚上十点钟赴跳舞会，并且也不从夜里十二点钟跳舞跳到早上四点钟。汤姆在他的师傅七点钟上酒店的时候，就睡觉了，睡得同一头死猪一样。所以当那些老爷、太太们正预备去睡觉的时候，汤姆已经准备起来了；就像雄鸡那样没有礼貌，总是一早起来把那些女仆们叫醒。

汤姆就这样跟着他的师傅一同出发。葛林先生骑着驴子走在前面，汤姆带着烟囱刷子走在后面，出了院子，到了街上，在那些关闭的百叶窗前面走过，在那个眯着眼睛的疲倦的警察前面走过，在半明不暗的晨光里映得半明不暗的那些屋顶下面走过。【阅读能力点：那些熟得不能再熟的画面依次出现，汤姆一天的生活就这样开始了。】

他们穿过煤矿工人的村子，这时家家都关上门，静悄悄的。他们穿过路上的关卡，这时候他们就到了真正的乡下了。两人沿着黑色的扬起灰尘的泥路前进，路两旁堆的全是黑煤渣，有墙那样高，耳朵里只听见附近煤田里挖煤机器嘶鸣着，并且发出嗖嗖的声音，此外什么声音也没有。可是不久路就变白了，墙也变白了，墙角的野草长得很高，野花开得很鲜艳，都给露水湿透。【阅读能力点：暗示天慢慢地变亮了。】挖煤机器的嘶鸣已经听不见了，只听见云雀儿高高在天上唱着晨歌，芦苇里传来小河莺的啁啾，它已经这样唱了一夜了。

余下的全是一片寂静。因为地球老婆婆这时还在沉睡着，而且她睡时比醒时还要美丽。大榆树在金绿交映的草场上面沉睡着，树底下那些牛也沉睡着。唉，还有附近的几块白云也同样沉睡着，疲倦得好似全都躺到地面上来，夹在榆树的枝干中间，沿着河边赤杨树的树顶，望去就像一条条白雪或者白沙，要等太阳唤它们起来然后再升上澄澈的青空去做它们白天做的事情。【写作借鉴点：拟人手法的运用，更衬托出了大地的寂静，以此对比出汤姆和他师傅的早。】

两个人向前走去。汤姆不住地四下张望，因为他从来没有跑到这样远的乡下来过。他渴望爬过一处棚门，去摘毛茛花，并且寻找篱笆里的鸟窝。可是葛林先生是个生意人，绝对不肯答应他的。

不久他们碰到了一个穷爱尔兰女人，她背着一个包袱在路上走着，走得很艰难。她头上裹着一块灰色头巾，穿一条大红裙子，叫人一看就断定她是从加尔威来的。她光着脚不穿鞋子，也不穿袜子，一瘸一拐（瘸：行走时身体不稳。腿脚有毛病，行步时身体不平衡。）地走着，人好像很疲倦，两脚也走得很酸痛似的。可是她长得很高，很美，有一双明亮的灰色眼珠，又乌又密的头发掩过两颊。葛林先生看得非常中意，所以当自己走近她时就向她喊道：“这路太硬了，不是你这双尊贵的脚走得了的。你上这驴子，骑在我后面好不好，姑娘？”

可是，她也许不喜欢葛林先生的样子和他讲话的口气，她冷冷地回答：“谢谢，我上不来。我倒愿意跟你这个小孩子一块儿走。”

“随你的便。”葛林气哼哼地说，照旧抽他的烟。

那女人就跟汤姆并排走起来，一面跟汤姆谈着话，问他住在哪里，知道些什么事情，又问到他全部的身世。谈到后来，汤姆觉得自己从不曾见过这样说话讨人喜欢的女人。

接着汤姆问她的家在哪里。她说远在大海那边。汤姆问她海是怎样的。她就告诉他，在冬季的黑夜里，海怎样在礁石上翻腾。怎样怒吼；在明朗的夏季的白天里，海又是怎样静静地睡着，让孩子们在海里游泳和玩耍。她还跟他讲了许多关于海的故事。汤姆听了巴不得能够去看一看大海，而且照样在海里游一下。

终于他们走到山脚下泉水边。这泉水并不像你在这儿见到的两种泉水：一种是从一个潭里面白沙粒里沁出来的，潭里面长了些红捕蝇草、酸葫芦和芬香的野白兰；另一种是在长了一丛丛羊齿草的峡谷中，从温暖的沙岸下流出来的，翻着泡沫，把水底的沙打着漩，这样日日夜夜，终年不绝。这泉水和上面两种泉水都不像，是十足的北方石灰泉，就像西西里岛或者希腊的那些泉水一样。古代的人幻想这些泉水旁边常常有女水仙在热天坐着纳凉，同时牧羊人躲在树丛后面向她们窥望。这股汹涌的泉水就从一座石灰岩脚下的一个矮石洞里冲出来。它翻泡溅沫，发出声音，清澈得使人简直分别不出哪儿是水，哪儿是空气。泉水低低沿着路旁流去，形成一道溪流，这股水的力量足够推动一座碾子。在泉水四周开着淡青的绣球花、金黄的毛茛花、野生的覆盆子和开得像一堆堆白雪似的山樱花。【写作借鉴点：寥寥几句，写出了泉水的清澈、景色的迷人之处。】

葛林在泉水旁边站着观望；汤姆也在望。汤姆心里想，不知道有没有东西住在黑洞里面，夜间从洞里出来在草地上飞翔。可是葛林却一点心思也不去想。他一句话不说，下了驴子，爬过那座矮墙，跪在泉水旁边，就把自己那个难看的脑袋在泉水里浸起来，弄得泉水很脏。

汤姆却在急急忙忙摘野花。爱尔兰女人也帮助他摘，并且教给他怎样扎花。两人把花扎成一个很美丽的花束。可是当汤姆看见葛林真个洗起脸来时，他就花也不扎了，看得甚为诧异。等葛林洗完脸，摆动着两只耳朵，使耳朵干燥的时候，汤姆就说："咦，师傅，我从没看见你洗过脸呢。"

"你很可能不会再看见。我洗脸并不是要干净，而是要凉爽一下。要是我像一个满脸煤灰的青年矿工，每隔个把星期洗一次脸，那才丢人呢。"

"我也巴不得把头放在泉水里浸一浸呢，"可怜的小汤姆说，"这样敢保跟把头放在城里抽水机下面一样痛快；而且这里可没有教区里的人把你赶走。"

"你跟我来，"葛林说，"你要洗什么脸？你又没有像我昨天晚上那样喝了半加仑的啤酒。"

"我不管你是怎么回事。"淘气的汤姆说着就跑到泉水旁边洗起脸来。

葛林感到非常生气，因为那个女人跟汤姆在一起，不跟他在一起，所以他骂了汤姆许多难听的话，把汤姆从地上一把抓起，痛打起来。可是汤姆已经挨惯了这一套，他把头藏在葛林的大腿中间，不让他打到，同时使劲踢他的脚踝。【写作借鉴点：非常随意的描写，道出了师徒的相处方式。】

"难道你不觉得可耻吗，葛林？"爱尔兰女人在墙那一边喊。

葛林抬头一看，听她说出自己的名字，吃了一惊。可是他只回答："不觉得，而且永远不觉得。"又继续打汤姆。

"这的确就是你。如果你过去觉得羞耻的话，你老早就回到凡谷去了。"

"你知道什么凡谷？"葛林叫出来，他住手不打汤姆了。

"我知道凡谷，我也知道你。譬如说，两年前马丁节的夜里，在赤杨泽那边发生的事情，我就知道。"

“你知道？”葛林大声喊。他丢下汤姆，爬过矮墙，和那女人面对面站着。汤姆当他会打那女人，可是那女人正颜厉色（颜：脸色。形容板着脸，神情非常严厉。）地看着他，使他不敢下手。

“是的，当时我在那里。”爱尔兰女人冷静地说。

葛林骂了她许多下流话，后来说，“听你的口音，你并不是一个爱尔兰女人。”

“你不用管我是谁。总之我是看见了。如果你再打这个孩子，我就可以把我知道的事情说出来。”

葛林好像很害怕，他没再说什么就去牵驴子。

“你站着！”爱尔兰女人说，“我还有一句话要向你们两个人说，因为你们两个在事情完结之前，都还要见到我。那些愿意清白的人，得到的将是清白；那些自甘下流的人，将要下流到底。记着。”【阅读能力点：爱尔兰女人的警告体现了她的正直。】

她转身走了，穿过一座栅门，向草场走去。葛林一动不动站了一会儿，就像吓呆了似的。后来他跑去追她，叫道：“你回来。”可是当他赶到草场上时，草场上并没有什么女人。

她躲起来了吗？这儿并没有什么地方躲得了。可是葛林仍旧四处找她。汤姆也想找她，因为汤姆跟葛林一样，被她这样突然不见，弄得迷迷糊糊。可是不管他们怎样找寻，那女人还是找不到。

葛林只好回来了，呆若木鸡（呆：傻，发愣的样子。呆得像木头鸡一样。形容因恐惧或惊异而发愣的样子。）似的一声不响，因为他心里有点儿害怕了。他骑上驴子，重新装上烟斗，抽着烟走，不再去惹汤姆。

当时他们又走了三英里多路，就到了约翰爵爷庄园的门口。

庄子的人住的房子都非常高大。铁栅栏的园门也非常高大，有两根石头做的门柱，每根柱子上都刻了一个怕死人的恶鬼。恶鬼有一嘴獠牙，头上两只角，拖着一条尾巴。据说约翰爵爷的祖先参加玫瑰战争（十五世纪英国两个贵族互争王位的战争）时，头上戴的就是这种鬼头盔。他那些祖先一定是小心谨慎的人，戴这种鬼头盔就是为了吓唬那些敌人，使他们看见赶快逃命啊。

葛林拉一下门铃，就有一个管园子的人走出来，开了门。

“爵爷叫我等你呢，”他说，“你听着，规规矩矩由大路走，不要乱跑；回来的时候，可不要让我捉到你偷了什么兔子之类。我要仔细搜查呢，你记着。”

“假如藏在煤灰袋下面，你可搜不到啦。”葛林说，自己大笑起来。

管园子的也笑了，就说：“你既然是这样的人，我还是一起陪你上大房子去吧。”

“我想你顶好陪着我。老兄，看守园内山鸡野兔的是你，不是我啊。”【写作借鉴点：生动有趣的话语，展现了葛林诙谐、幽默的一面。】

管园子的跟他们一起走了，一路上跟葛林谈得很开心，这使汤姆看了诧异之极。其实管园子和小偷并无分别，在家里是管园子的，到了外面就是小偷，汤姆哪里知道呢？他们在一条两边是菩提树的大路上走着，这条路足足有一英里长。汤姆从菩提树枝干中间望见许多鹿睡在羊齿草里，头上鹿角竖得那么高，看得他心惊胆战（战：通“颤”，发抖。形容十分害怕。）。这样大的树，汤姆从来就没有见过，他抬起头来，好像青天就歇在树顶上。可是最使他弄不明白的是一种古怪的嗡嗡声，一路走来都听得见。汤姆愈来愈弄不明白，索性鼓起勇气来问管园子的这是怎么一回事。

汤姆说话时非常恭敬，并且喊他“老爷”，实在是因为心里非常害怕他罢了。管园子的听汤姆称他“老爷”很是高兴，就告诉汤姆，说这些是菩提树上采花的蜜蜂。

“蜜蜂是什么？”汤姆问。

“做蜜的。”

“蜜是什么？”汤姆又问。

“你不要罗嗦。”葛林说。

“你别管这孩子。”管园子的说，“这小家伙很懂礼貌，在他是很难得的。要是跟你这种人在一起，不久一定会变坏。”

葛林大笑，他觉得这话对他是一种恭维。

“但愿我能做个管园子的，”汤姆说，“能够住在这样美丽的地方，穿上绿丝绒衣服，而且钮扣上还挂着一个真正的唤狗的哨子，像你这样。”

管园子的笑了，他总算是个好心肠的人。

“孩子，闲是闲非都少管。你的饭碗无论如何比我的要靠得住多啦。你说对吗，葛林？”

葛林师傅笑起来。接着两个人谈话的声音放得很低。不过汤姆还能够听得出是在争论偷猎的事情。最后葛林师傅说：“你有什么理由不信任我呢？”

“目前没有。”

“那么等你有了理由之后再问我什么问题，因为我是个正派人。”

这话引得两人又大笑一阵，因为他们认为很可笑。

当时他们已经走到大房子前面的大铁门前面。铁门里面盛开着杜鹃花，汤姆把眼睛睁得大大的；然后又望着那所大房子本身，心里想不知道里面有多少烟囱。又想，这房子不知道多少年前造的，造这房子的人叫什么名字，他造这房子不知道拿到多少钱。【写作借鉴点：细腻的心理描写体现出了汤姆作为一个孩子对房子的好奇心。】可是汤姆和他的师傅并没有从大铁门进去，像公爵和主教进来时那样，而是兜了一个大圈子，从房子后面的一个小小后门进去。放他们进去的是一个倒煤灰的男仆，怪难看地打着哈欠。在过道里他们碰见女管家，穿了一身花花绿绿的印花晨衣，汤姆几乎把她当作爵爷太太。她用许多严厉的话语告诉葛林要当心这个，又要当心那个，就好像爬上烟囱的是葛林而不是汤姆似的。葛林听着她吩咐，不时低声对汤姆说："小鬼，你要记着这个。"汤姆真个记在心里，至少能记得多少就记得多少。后来女管家把他们带到一个房间里，房里的东西全用大张的牛皮纸盖着，就命令他们动起手来，讲话的声音又高又傲慢。汤姆呜咽了两声，又被他师傅踢了一脚，就这样钻进炉格子，爬进烟囱里去。【阅读能力点：汤姆很不情愿，但又无可奈何。】一个女仆留在房间里面看守家具；葛林先生跟她讲了许多讨好的话，又像开玩笑，又像献殷勤，可是女仆很少理睬他。

汤姆究竟扫了多少烟囱，我也说不清楚。不过他扫得非常之多，所以扫得很疲倦，而且弄得迷迷惑惑的，因为那些烟囱和汤姆一向在城里扫的烟囱不同，又大又曲折，过去改建过好多次，所以现在弄得分不清，有点儿纠缠在一起了。乡间老式别墅里的烟囱都是这样子，你只要爬上去一看就明白了，不过恐怕你未见得肯爬上去。就是因为这个缘故，汤姆在烟囱里简直迷失了方向。迷失方向在他倒无所谓，而且他钻在烟囱里就像鼹鼠钻在地下一样成为习惯，反正眼前是一片漆黑。可是到了最后爬下烟囱，他以为走对了时，偏偏走错了。他发觉自己站在一间房间的炉毯上面。这样的房间，他有生来就没有见过。

这样的房间汤姆从来就没有瞧见过。他从前走进上流人士的房间都是地毯卷起来，窗帘放下，家具堆放在一起并且用块布盖着，墙上的画都是用围裙或罩衫遮上。汤姆时常盘算，这些房间安排妥当之后，给那些高贵的人们起居时，不知道是什么模样。现在可看见了，而且他觉得房间看上去非常之美。

房中的陈设全是白色：白窗帘，白帐子，白家具，白色的墙壁，另有几处画上几根粉红色的线条。地毯上满是鲜艳的小花。墙上挂的画都装有金框子，有些画的绅士贵妇，有些画的骏马猎狗，汤姆看了觉得非常有趣。汤姆欢喜那些马，可是不大中意那些狗，因为里面没有哈巴狗，连一条小猎狗都没有。

他接着看见一个洗脸架，上面放着水壶、面盆、肥皂、刷子和毛巾。还有一个大浴缸，缸里面放满清水。这么一大堆东西，全为了洗脸、洗澡用的，这使汤姆看了很弄不明白。汤姆想："照师傅的那一套说法，她一定是个脏女人，才需要这么多的水来洗。可是洗了之后，她把污水藏到哪里去了呢？我在房间里看不见一点肮脏，她用的毛巾也一点也不脏，从这一点可以推想她一定是个狡猾的女人。"后来，他朝床上望望，那个脏女人被他瞧见了；这时他惊得气都不敢透出来。睡在雪白的被单下面，枕着雪白的枕头，原来是一位极其美丽的小姑娘。这样美丽的小姑娘，汤姆还从来没有见过。她的两颊就和枕头一样白，头发就像金丝，在床上散成一片。她的年龄大致和汤姆一样大，也许大一两岁；可是汤姆心里并没有想到这些。他只想到她的嫩皮肤和金黄的头发，弄不明白她到底是个真正的活人，还是他在店里看见的那种蜡娃娃。可是当他看见她呼吸时，他就断定她是个活人。他眼睛睁得那么大地站在那儿望她，就好像她是天仙下凡一样。【写作借鉴点：以第三人称的语气描写出了小姑娘的美。】

不对。她不可能是肮脏的。她永远不会肮脏，汤姆自己在想。后来他又想：“是不是所有的人洗了之后都像她这样呢？”他望望自己的手腕，想把上面的煤灰搓掉，一面盘算这些煤灰会不会搓得下来。“如果我长得像她这样，敢说我的样子要好看得多。”汤姆向四面望望，忽然看见一个又丑又黑、衣服褴褛的小孩子靠近他站着，一双烂眼睛，露出一嘴白牙在笑。他怒冲冲地转向这个小孩子。这样漆黑的瘦猴子跑到这样可爱的小姑娘房里来是什么意思？再一瞧时，原来是一面大镜子里面照出来的自己的形象，汤姆从来没有看见自己这副模样过。【阅读能力点：从镜中看自己，汤姆觉得很自卑。】

这在汤姆是有生以来第一次发现自己肮脏。他又羞又怒，就哭了出来。他转身准备轻手轻脚再爬进烟囱躲起来，可是把炭栏撞倒了，把火棒也摔下来，那个声音就像一万只洋铁壶拴在一万只疯狗的尾巴上拖着跑一样。

床上的小姑娘跳了起来，看见汤姆，尖声尖气叫得像一只孔雀。一个身材高大的老保姆从隔壁房间里赶进来，看见汤姆这副模样，断定他是个抢东西和杀人放火的强盗。这时汤姆正跌在炭栏上，老保姆飞快向他赶过来，一把抓着他的外褂。可是她并没有捉到他。汤姆曾经有好多次被警察捉到过，不但如此，而且好多次从警察手里逃了出来。他要是笨得会被一个老太婆抓着，可再没有脸见他那些朋友了。所以汤姆从这位善良女人的胳膊下面溜了出来，跑过房间，立刻从窗口跳出来。虽然汤姆颇有胆量跳下去，他并不要这样做。他也不用顺着水落管滑下去，这在他更是拿手好戏（原指演员擅长的剧目。泛指最擅长的本领。）了。有一次他顺着水落管爬上教堂的屋顶，据他自己说是掏雪鸟蛋，可是警察硬说他是偷铅皮。但是警察上不去，眼睛睁望着他高高坐起，一直坐到太阳热得他受不了时，他才从另一条水落管溜下来。警察无可奈何，只好回警察局去吃饭。原来窗子下面，刚好有一棵树，叶子很大，芳香的花简直有汤姆的头那么大。我想，那大约是棵木兰树，可是汤姆根本不知道，而且也不想知道。他就像一只猫从树上溜了下来，穿过花园中的草地，爬过铁栅栏，从庄园这边向树林子跑去，急得老保姆在窗口死命地叫喊，喊救火，喊救命。【写作借鉴点："溜""穿""爬"三个动作的描写，形象地展现了汤姆的对待这种状况的熟练程度。】

小花匠正在割草，看见汤姆，就扔下自己的镰刀。镰刀绊着他的腿，把胫肉割开，害得他躺了一个星期。可是当时他在匆忙中一点也不觉得，仍旧去追赶汤姆。挤牛奶的女佣人听人听见叫喊声，自己膝盖把搅乳器碰翻，洒得一地的奶油。可是她仍然跳起来，去追赶汤姆。马房里的马夫正在洗刷约翰爵爷乘坐的马，松了一下手，马立刻乱蹦乱踢起来，不到五分钟就蹩了脚。可是他仍然跑出来，去追赶汤姆。葛林在新铺了石子的院子里把煤灰口袋打翻，把院子里糟踏得不像样。可是他仍旧跑出来，去追赶汤姆。老管家急急忙忙去开庄门，弄得他的驴子的下巴给刺在门壁尖铁上，不知道现在是不是还吊在那儿呢。可是他跳了起来，也去追赶汤姆。农夫田地里没有耕好，就丢下自己的两匹耕马，弄得一匹马跳过篱笆，这一来把另一匹马连马带犁都摔到沟里去。可是农夫仍旧飞跑，去追赶汤姆。那个管园子的正从鼠笼里把一只田鼠捉出来，一失手把田鼠放走，反而打痛自己的手指。可是他仍然跳起来，去追赶汤姆，一面盘算着汤姆讲的话和汤姆的模样。他如果捉到汤姆，我可替汤姆担忧呢。约翰爵爷从他的书房窗口朝外望（因为他是个早起的老头儿），又抬头望望老保姆，一头貂鼠刚好撒了一粒屎到他眼睛里，害得他终于不得不请医生。可是他仍旧跑出来，追赶汤姆。那个爱尔兰女人正向大房子走来，她一定是从什么小路上兜过来的。可是她扔掉自己的口袋，也同样去追赶汤姆。只有我们那位爵爷太太没有去追赶汤姆，因为她才从窗子里探出头来，她的假发就落在院子里。她只好拉铃把贴身的女仆叫进来，派她下楼替她把假发取来。这就使她没法出得来，因此没有她的事，书里也就不提到她。【写作借鉴点：几组排比的运用，表现出乱糟糟的一片，皆是因为汤姆，将故事推向了一个小高潮。】

总而言之，当葛林、花匠、马夫、挤牛奶的女佣人、约翰爵爷、老管家、农夫、管园子的和那个爱尔兰女人全都追过庄园，认为汤姆的空口袋里至少有价值一千镑的首饰，大声喊着“捉贼呀”的时候，哈特荷佛府从来就没有这样杀声震天过，而且没有那样的不顾体统，不顾秩序过。便是那一次在花房里打死那只狐狸，把几亩地的玻璃和几千个花盆乒乓打得稀烂时，也没有听见这样闹过。连男喜鹊和乌鸦都在汤姆后面，就好像汤姆也是一只被猎人追赶的狐狸，快要倒下来似的。

这时候，可怜的汤姆一双光脚始终在庄园上跑着，就像一头小黑猩猩向树林里溜去。可怜，他就没有一个大猩猩那样的父亲在这时候挺身而出（挺身：撑直身体。挺直身体站出来。形容面对着艰难或危险的事情，勇敢地站出来。），用一只爪子把花匠的肚肠抓出来，用第二只爪子把挤牛奶的女佣人抛到树上去，用第三只爪子把约翰爵爷的头扭掉，同时还用牙齿把管园子的脑袋咬破，就像咬破一个椰子或者鹅卵石那样容易。

不过，汤姆从来不记得自己有过父亲，所以也不指望有个父亲，只指望自己照应自己。至于跑路，他可以跟着一辆邮政马车跑上两英里路都不在乎，只要有一个铜子或者一段香烟头可赚就行；而且还能打着风车跟着跑，这可比你的本领大了。由于这个缘故，那些追赶他的人要捉到他可不容易。我们也巴望他们捉不到他。汤姆当然向树林逃去。他有生以来从没有进过林子。可是他很精明，知道自己可以躲在树丛里，或者爬上一棵树，整个说来，这比在空地上逃脱的机会要大得多。他如果连这个也不知道，那他就是蠢得连一只老鼠或者一条鲦鱼都不如了。可是当他进了树林时，他发觉那个地方和他幻想的树林大不相同。他走进一片茂密的杜鹃花，自己立刻就被困在里面。那些树枝钩着他的腿，钩着他的胳膊，戳他的脸，戳他的肚子，他只好紧紧闭着眼睛。（不过这在他也没有多大损失，因为他至多也只能看出两三英尺远罢了）等到他从杜鹃丛里脱身出来，那些蒲草和芦苇又把他绊了一跤，后来又把他的指头划破了，划得很惨。

“我非得出去不可，”汤姆想，“不然的话，我就得陷在这里，等人来把我救出去，这绝不是我指望的事。”

可是怎样出去确是个难题。说老实话，我就不认为他会出得去；要不是他突然把头撞在一堵墙上，恐怕一世也出不去，最后只好让那些蓬蒿用它们的叶子把他埋葬掉。把头撞在墙上可不是什么滋味，尤其是撞上一堵粗墙，石头全砌得立着，一块尖角的石头撞在你的鼻梁上，撞得你眼睛里冒出各式各样美丽的星星。当然，星星是美丽的，可是不幸的是这些星星在万分之一秒间就消失掉，然而随着这些星星而来的疼痛却并不消失。【阅读能力点：在这样惊险万分的逃跑当中，汤姆还不失他的幽默。】汤姆就是这样把头撞痛了，可是他是个勇敢的孩子，一点儿也不怕。他猜想墙的那一面会是树林的尽头，就爬上墙头又爬过墙去，活像只松鼠。他现在已经到了一大片沼泽的面前，沼地里松鸡最多。乡下人把这片沼地叫做哈特荷佛泽。一眼望去只看见无穷尽的石楠树、沼泥和石头，一直伸展到天边。

汤姆原是个机灵的小家伙，就跟一头老公鹿一样。为什么不能呢？他虽然不过十岁，却比多数的公鹿活得长久，何况生来就比公鹿智慧得多呢。他跟公鹿一样知道，如果他退后的话，一定会把那些猎狗招来。所以他跳过墙之后，第一件事就是突然向右手方向急转过去，接着就沿着墙下面跑了半英里路光景。

爵爷、管园子的、老管家、花匠、农夫、挤牛奶的女佣人和所有叫嚷的人却朝着相反的方向追了半英里路，而且在墙这边。这就使他们和墙外的汤姆隔开了有一英里路。汤姆听见那些人的喊声在林子里逐渐消失，自己吃吃笑了，笑得很开心。【阅读能力点：危险远离了汤姆，他终于松了一口气。】

后来他碰到地上一个凹下去的斜坡，他一直走到坡底，这才勇敢地不再利用那堵墙，转身向沼地走去。他知道自己和敌人之间已经隔开一座山，向前走绝对不会被他们望见。

可是在那些人里面，那个爱尔兰女人偏偏望见汤姆逃去的方向。她自始至终（从开始到末了。指一贯到底。）都是在众人的前面，可是她既不在走，又不在跑。她很平稳而且很文雅地一路过去，两只脚交换得非常之快，简直叫人看不出哪一只在前，哪一只在后。后来大家相互问起这个古怪的女人是谁，可是没有人说得出来，只好异口同声（不同的嘴说出相同的话。指大家说得都一样。）说她一定是汤姆的同党。

可是当她走到林子里时，人忽然不见了。大家再看也仍旧看不见。原因是这女人已经悄悄地随着汤姆翻过墙，汤姆走到哪里她就跟到哪里。约翰爵爷和余下的人从此就没有看见过她。眼睛不见，心里也就没有她了。

这时汤姆已经走进石楠丛里。石楠长在一片沼地上，就和我们这一带沼地一样，所不同的只是沼地里到处都有石头，而且沼地并不逐渐平下来。汤姆越朝上走，沼地反而变得愈加崎岖不平。不过还不算怎样难走，所以汤姆能够慢慢走来，一面抽空眺望这个怪地方。在他眼中，那简直是个新世界。

他瞧见些大蜘蛛，背上长了许多王冠形和十字形的花纹。它们都坐在自己的蛛丝网中间，看见汤姆走来时，就把蛛丝动得非常之快，眼睛几乎看不太见。后来又看见一些蜥蜴，有的褐色，有的灰色，有的绿色。汤姆当作这些是蛇，会咬痛他。可是那些蜥蜴却和他一样害怕，飞快地穿进石楠丛里去了。后来，在石头下面，他看见一个美丽的大东西。那东西尖鼻子，浑身褐黄，尾巴上拖着白须，原来是只母狐。在它四周，有四五只肮脏的小狐，那种可笑的样子汤姆从来没有看见过。母狐朝天躺着，在地上打着滚，四条腿和头尾，在明亮的太阳下伸开；小狐在它身上跳过来，跳过去，绕着它跑，咬它的爪子并且使劲拖它的尾巴。母狐好像觉得非常开心似的。里面有一只自私的小狐偷偷溜开去，找上附近的一只死乌鸦，把死乌鸦拖了打算藏起来，那只死乌鸦差不多有它身体一样大小。于是它那些小兄弟看见它这样，也都大声叫唤着赶过来，这就一头撞见汤姆。

大伙儿全溜了回去。母狐跳了起来，嘴上衔了一只，其余的跟在它后面，全逃进石头中间一条黑缝里去。这场把戏就此结束。

接着汤姆吓了一大跳；当时他正在爬上一座沙坪，只听见呼噜咽咽啧——一个什么东西在他脸上飞过去，声音非常可怕。他以为地底炸开了。

等他睁开眼睛时（他先是闭得紧紧的），原来不过是只大松鸡，在沙里洗着澡，就像阿拉伯人没有水洗澡，拿沙来代替一样。当时汤姆险些儿踩到它身上，所以它跳了起来，发出一种声音像开得飞快的火车发出来的一样。它丢下老婆和孩子让它们自己去想办法，活脱是个老懦夫。老松鸡一面逃，一面叫着："噜唔克，噜唔克——救命啊，救火啊，有人抢东西啦——噜唔克，噜唔克——世界末日到啦——啧啧咽啧。"它一直就是这么设想，只要在离开它鼻子一寸的地方出了什么事情，它就幻想是世界末日来了。可是世界末日并没有来，那老松鸡却很有把握认为是世界末日来了。

一个钟点以后，老松鸡回到老婆和儿女那里，庄重地说："咽咽啧；我的乖乖，世界末日还没有真正来呢，可是我敢保后天一定回来——"可是这样的话老松鸡的老婆已经听见了多少次，它完全懂得，而且还比老松鸡懂得多一点。它并且是一家的主妇，还有七只小松鸡要天天喂食洗澡，这使它非常实际，而且性情有点急躁，所以它回答老松鸡的话只是"啧啧啧——去捉蜘蛛去，去捉蜘蛛去——啧。"

汤姆就这样向前走了又走，自己简直不懂得为的什么。可是他喜欢这个辽阔而且古怪的地方，和这里的凉爽、清新、令人兴奋的空气。可是登山愈高，他就愈加慢了下来，因为地下实在变得太难走了。现在他脚下踩到的已经不是松软的草泥和潮湿的石楠，而是一大片一大片的石灰岩，就像铺得很坏的人行道一样。在岩石之间有着很深的裂缝，里面长满羊齿草。他要在一块块石头中间跳过，因此有时候失足落在石缝里。虽然他小小的光脚趾相当结实，也不免跌痛。可是他仍旧向前走，向上爬，自己也说不出所以然来。

那个曾经跟着汤姆在路上一起走的爱尔兰女人自始至终都跟在汤姆后面，在沼地上走着。如果汤姆瞧见了她，不知道他会怎样说法。可是虽然她经常看见汤姆，汤姆却从没有看见她，不知道是不是因为汤姆很少回头望，还是因为她藏身在岩石和土丘后面，不让汤姆看见。【阅读能力点：这个爱尔兰女人跟在汤姆的身后，是为了什么呢？为下文的剧情发展做了铺垫。】

现在汤姆觉得有点饿了，而且口渴得厉害。原因是他跑了很长的一段路，这时太阳已经在天上升得高高的，那些岩石热得就像铁锅一样，石头上面的空气都打着旋，就像石灰窖上面的空气那样打着旋，使周围的东西望上去都在动荡溶解。可是他能看出没有一个地方有东西吃，更没有水喝。树林里到处长满越桔树和浆果树，可是现在是六月里，树还开着花。至于找水喝，哪个能在石头和岩缝里找到水呢？有时候，他走过一些又深又黑的水落洞（山中水流尽处的石洞），一直深入地底，就好像什么住在地下的矮人家的烟囱似的。他走过这些水落洞时，每每能听到几十丈深下面叮当泻落的水声。他多么渴望下去润一润他的干燥的嘴唇啊！可是，尽管他是个勇敢的扫烟囱小孩，像这样的烟囱他可不敢爬下去。

所以他向前走了又走，一直走得头脑热得发昏，这是他听见远处传来教堂的钟声。“啊！”他心里想，“有教堂的地方总是有房屋和人烟的。或者会有人给我一点儿吃喝呢。”他的脚又走动起来，去找那所教堂，因为他肯定自己刚才清清楚楚听见钟声。

可是才一起身，向四下眺望时，他又停了下来，说：“怎么，世界是多么大啊！”的确如他所说，从山顶上他能够到处望得见——他有什么望不见呢?

远在他身后的山脚下，是哈特荷佛府，和那片黑森林，和那条明亮的鲑鱼河。在他的左边，也是远在山下面，是那个大城和煤矿上那些冒烟的烟囱。更远处是宽阔的河正向大海流去；河面上有许多白点点，那是船。在他前面是一片大平原，上面有农场和村庄，夹在一丛丛深暗的树木中间，望去就像一张铺开的地图。这些全像在他的脚下一样。可是汤姆一点儿不呆不傻，看得出这些都远在几十英里外。在他的右面是重重叠叠的沼泽和重重叠叠的山丘，山色越远越淡，最后变成一片青色，和青天连接在一起。可是在汤姆和那些沼泽之间，而且就在他脚下，却有着一片好地方。汤姆一瞧见就决定下去，因为这正是他要找的地方。【阅读能力点：他要找的地方是什么样子呢？作者在此处设置了悬念。】

一处深绿色的石谷，很狭窄，而且长满树木。可是就在这几百英尺下面的树木中间，他却能望见一条清澈的水流。啊，假如能够到达水边多妙啊！接着他望见溪边一所小村舍的屋顶和一所小花园。那花园布置着花台和花床。花园里面有一个极小的红色东西走动着，只有苍蝇大小。汤姆低头望时，原来是个穿红裙的妇人。啊！也许她会给他一点儿东西吃呢。教堂的钟声又响起来了。下面准有一个村庄。再说，谁也不会认出他，谁也不会知道哈特荷佛府那边出的事情。就算约翰爵爷把全郡的警察都派出来追他，消息也不会那样快传到这里。他却在五分钟内就可以下去。汤姆猜得对，那片呼喊追逐的声音还没有传到这里，原因是他不知不觉已经跑了离哈特荷佛府足足十英里远了。至于五分钟内就下得去，他却想错了，因为那座村舍离这里总有一英里多路，而且下去足有一千英尺。

可是汤姆是个勇敢的小孩子，所以虽然双脚酸痛，人又饥又渴又疲倦，他仍旧走了下去。同时教堂的钟敲得那么响，使他简直当作自己的脑子在作怪，而不是真的钟声。那条小河也在下面淙淙地流着，下面就是小河唱的歌：

“又清又凉，又清又凉，流过嬉笑的浅滩、做梦的池塘；又凉又清，又凉又清，流过光耀的卵石、溅沫的堤堰；在画眉鸟歌唱的巉岩下，在钟声悠扬的楼墙下，清清白白的，留待清白的人；在我水边嬉戏吧，在我水里洗浴吧，母亲和孩子。”

“又污又湿，又污又湿，流过烟囱林立、烟雾弥漫的城市；又湿又污。又湿又污，流过粘滑的河岸、码头和沟渠；越向前走，我越变得阴暗，越变得富足，就越变得贪婪；被罪恶沾污的哪个敢和它玩耍？不要靠近我啊，快点避开我啊！母亲和孩子。”

“坚强而自由，坚强而自由，闸门打开了，我向大海里流；自由而坚强，自由而坚强，我一面赶路，一面洗肮脏；赶往金黄的沙滩、动荡的汀洲，和远远等待我的玉洁的潮头；当我投身在无边无际的大海里，像一个罪恶的灵魂得到清洗，清清白白的，留待清白的人；在我水边嬉戏吧，在我水里洗浴吧，母亲和孩子。”

汤姆就这样走了下去，始终没有看见那个爱尔兰女人也跟在他后面走下去。【阅读能力点：再次提到那个爱尔兰女人，在读者心中留下了深深的疑惑。】

【学习要点】

虽然汤姆只是一个普通的孩子，生活在社会的最底层，也饱受师傅的折磨，但是他对生活充满了希望。在被人当做贼的时候，也没有害怕、恐惧，而是选择随遇而安，一直走下去……

【读品悟】

扫烟囱的男孩汤姆，是个完全没有接受过教育的孩子，他在人世间受尽欺侮虐待，但自己浑浑噩噩，还染上了不少因无知而产生的恶习。爱尔兰女人给了他一个启示“那些愿意清白的人，得到的将是清白；那些自甘下流的人，将要下流到底。”为故事的发展设置了悬念。

【思考探究】

1. 汤姆认为哪些事情是世界上本应有的事情?
2. 汤姆逃跑的时候有哪几个人在追他?

第二章

名师导读

汤姆走进了一个陌生的地方，变成了一个水孩子。人们关心他的去向吗？他们是怎么处理这件事情的？

远有一英里，下临一千英尺。汤姆发现的就是这样，不过表面望下去花园里那个拔草、穿红裙的妇人，好像扔一块石子就能打中她的脊背似的，甚至于能扔过石谷打到对面的岩石。因为谷底不过是一块田那样宽，沿着谷的那一边流着那条小河。再过去，是灰色的山、灰色的高原、灰色的石级、灰的沼泽，一直延伸到天边。【写作借鉴点：运用夸张的修辞手法，展现了谷底视觉上的近在咫尺，和实际上的遥不可及。】

这是一片幽静、沉寂、富饶、幸福的地方；望上去只是地面上的一条又窄又深的石缝，非常之深，而且非常之偏僻，连那些坏妖精简直都找不到这里。这地方叫做凡谷。汤姆就这样走下去。他先走下三百英尺的峻坡。坡上满生石楠，夹着松松的褐色的沙砾，比一把锉刀还要粗糙，所以当他跳跳蹦蹦沿着山坡下来时，他那可怜的脚跟可不是个滋味。但他仍旧觉得一颗石子就能扔到花园里。

接着他又走下三百英尺的石灰岩，一个坡接一个坡，就像有人事先用尺量好，然后用凿子凿出来一样笔直。上面一棵石楠也没有了。

可是有一处小青草坡，上面铺满了美丽极顶的各种花草，有石蔷薇、虎耳草、茴香、薄荷，还有各式各样的香草。

后来他跳下一块两英尺高的石灰石。

这里又是一片花草。

后来又跳下一个一英尺高的石阶。

这里又是五十码的一片花草，但却像人家屋顶一样陡，汤姆只好坐在地上滑下去。

随后又是一个石坡，有十英尺高。到这里他只好停下来，沿着边上爬行，寻找石缝，因为如果失足滚下去，他就会一直滚到那老妇人的花园里，把她吓昏。后来，他找到一条阴暗的狭缝，里面长满了绿梗的羊齿草，就像人家客厅里挂在花篮里的那样。他就这样手脚齐来，从石缝里爬下去，如同往下爬烟囱一样。随后又是一处草坡，又是一个石级，就这样下去，一直到——唉，天呐！我真巴不得他爬完；他也巴不得能够爬完。然而他还以为他用一颗一颗石子就能够扔进老妇人的花园里呢。

他总算走到一处树木茂盛的地方，那里有长着背面是银灰色的大叶的杨树和山柃、山栎之类。树木下面望去全是石岩、石缝和大片大片的羊齿漕和芦草。从树木中间可以望见闪烁河流，而且听见河水流过白石时发出的声音。汤姆并不知道下还有三百英尺呢。

你朝下望也许会觉得头晕；可是汤姆并不觉得。他本来是个勇敢的扫烟囱的小孩，所以当他发现自己站在一座高崖上面时，他并不坐在地上哭叫爸爸（不过他也从来没有一个爸爸可以哭叫），他说，“啊，这正合我的心意呢！”他虽然已经很疲倦，但仍旧走了下去，爬过树桩和石头、芦草和石岩、矮树和杂草，就好像他天生是个快快活活的小黑猴，长了四只爪子而不是两只手似的。

然而自始至终，他都没有瞧见那个爱尔兰女人跟在他的后面。

【阅读能力点：再次提到爱尔兰女人，我们的疑问更深了。】

可是他现在已经筋疲力尽（筋：筋骨；疲：疲劳；尽：完。形容非常劳累。）了。高高地挂在沼地上的太阳已经把他烤干了；那多树的山岩上的潮湿的热气，把他烤得更厉害。汗水从他手指尖和脚趾尖上淌出来，把他洗得干干净净，他在一年中从没有这样干净过。可是不用说，他走过的地方却被他污染了，污染得很厉害。那座石岩从此以后就留下一大块黑迹，从岩顶直到岩脚。而且从那时候起，凡谷的黑甲虫比从前多得多，不用说，起因也是由于汤姆。原来那些黑甲虫的始祖正要去结婚，穿了一件蓝大衣，下面是大红的皮绑腿，就像园丁养的一只狗，嘴里衔了一束草花时那样漂亮，就在这时候，汤姆的汗水把它染黑了，它的子子孙孙从此也都是黑的了。【写作借鉴点：鲜明的对比，以及丰富的想象将汤姆的“白”和他经过地方的“黑”展现得淋漓尽致。】

他总算走到底了。可是再一看时，还是没有到底。这在下山的人也是常有的事。在岩脚下是一大堆一大堆从上面落下来的石灰石，大大小小都有；小的有你的头大，大的有邮政马车那样大。石头中间的洞穴里长着芬芳的大羊齿草。汤姆还没有来得及把这些石头走完，就又走进太阳照着的地方。接着突然一下子，就像一般人那样，他觉得支撑不住了。

小家伙，你一生如果要像一个男子汉大丈夫那样度过，不管你怎样的强壮健康，你都得准备在一生中有几次支撑不住的时候。而且到了你支撑不住时，你会发现你的心情是非常颓丧的。我希望你碰到这一天时，能有一个坚强的、忠实的、撑得住的朋友在你身边。因为如果没有的话，你就像可怜的汤姆一样，唯一的办法是躺在原来的地方，等待机会。

他不能再走了。太阳非常热，可是他浑身打着冷战。他肚子里空空的，可是人觉得像要呕吐。在他和那所村舍之间，只隔开一片二百码的平坦草场，然而他走不过去。他能听见河水就在一块田地那边淙淙流着，然而在他看来，就好像是在一百英里外面一样了。

他倒在地上不动，引得黑甲虫爬到他的身上来，苍蝇也歇在他的鼻子上。如果不是那些蚊子苍蝇对他发了慈悲心，我就不知道他几时能够起来。可是那些蚊子在他耳朵里打雷打得非常响，那些苍蝇见到他手上脸上没有煤灰的地方就吮吸，这样终于使他苏醒过来。他于是歪歪倒倒走去，爬过一座矮墙，由一条小路走到村舍的门口。

原来是一座整洁精致的村舍，园子四周都是水松的篱笆，修剪得很齐整。园子里面也种有水松，剪成孔雀、长喇叭、茶壶和各种怪模怪样的东西。从敞开的门内传来一片就像青蛙的啯啯声，表明他们知道明天要大热特热。至于青蛙怎么会知道的，我可不知道，你也不知道，而且谁也不知道。

汤姆慢慢走到门口，门上的铁线莲和蔷薇都长满了；他向门里窥望，心里有点儿害怕。

屋子里面坐着一个非常慈祥的老婆婆，她坐在空壁炉旁边，壁炉里放一盆香草。她穿着红裙子，和一件凸纹的短衫，戴一顶干净白帽了，上面遮一条黑绸巾，在下巴上扣好。在她脚下，坐着一只老得不能再老的雄猫；对面两条长凳上坐着十来个衣服整洁、脸色红润、胖乎乎的孩子，在那里学字母，咭咭呱呱地吵成一片。好一座令人喜爱的村舍呀，地上铺的是清洁发亮的石板，墙上挂些古怪的旧画，一口古老的黑槲木碗柜，里面放满了雪白的白蜡酒坛子，屋角有一座鹧鸪钟。汤姆才一出现，那只鹧鸪立刻叫起来，并不是因为它看见汤姆怕，而是现在刚巧是十一点钟了。

那些孩子看见汤姆又脏又黑的样子，全都吓坏了。女孩子哭起来，男孩子哈哈大笑，都很不礼貌地向他指指戳戳（指在人背后用手指点讲说。）。可是汤姆太疲倦了，一点儿也不以为意（不把它放在心上。表示对人、对事抱轻视态度。）。“你是谁，你要什么？”老婆婆叫道，“一个扫烟囱的！走，走，我这里不允许有扫烟囱的人进来。”

“水……”可怜的汤姆说，声音非常低。

“水？屋子后面多着呢。”她说，声音很严厉。

“可是我去不了；我又饿又渴，人都快死了。”说完这话，汤姆就倒在门口台阶上，头抵着柱子。

老婆婆戴着眼睛把汤姆看了一分钟，两分钟，三分钟，然后说：“他病倒了。孩子总是孩子，一个扫烟囱的又有什么关系。”

“水啊！”汤姆说。

“天啊！”老婆婆说了这一声，就放下眼镜，起身走到汤姆面前。“水对你不好，我给你牛奶喝。”她站起身走到隔壁房间，拿了一杯牛奶和一块面包过来。汤姆一口气把牛奶喝光，然后抬起头望望，精神复原了。

“你从哪里来？”老婆婆问。

“从那边沼地跑来的。”汤姆说，朝天上指指。

“从哈特荷佛来吗？而且翻过卢斯威特岩下来吗？你不是说谎吧？”

“我为什么要说谎呢？”汤姆说，头又靠在柱子上。

“你怎么上得去呢？”

“我从哈特荷佛府跑过来的，”汤姆这时又疲倦又没有指望，简直没有心思编出一套话来，也来不及编，所以三言两语（几句话。形容话很少。）把事实经过告诉了她。

“老天保佑你！那么你没有偷什么东西吗？”

“没有。”

“老天保佑你！我可敢保证。怎么，上帝因为这孩子是清白无罪的，所以指引他的路！离开爵爷府，走过哈特荷佛泽，又翻过卢斯威特岩！如果不是上帝指引他，哪儿听说有这种事情呢？你为什么不吃面包？”

“我吃不下。”

“面包不错呀，是我亲手做的。”

“我吃不下。”汤姆说，就把头靠在自己的膝盖上，接着问，“今天是星期日吗？”

“不是，为什么应当是星期日呢？”

“因为我听见教堂的钟声敲得像星期日的一样。”

“上帝保佑你！这孩子病了。你跟我来，我找个地方给你休息一下。如果你稍微干净一点，我就看在上帝的面上，把你放在我自己的床上了。不过你上这里来。”可是汤姆打算站起来时，人又疲倦又发晕，只好由她扶起来，领着走。

她带他到屋外一所草棚里，扶他睡在一堆柔软芬芳的干草和一条旧毯子上，叫他睡一觉恢复疲倦。过一个钟点，等放了学，她再过来看他。

说完她重又进屋子里去了，满以为汤姆立刻就会沉沉睡去。

可是汤姆并没有睡觉。

他不但没有睡觉，而且翻来覆去（形容一次又一次。也形容来回翻动身体。），乱踢乱蹬，不成样子。他觉得浑身滚烫，渴想跑到河里去凉一下。后来他半睡半醒，梦见自己听到那个小白姑娘向他叫："唷，你真脏呀；快去洗洗。"后来又听见那个爱尔兰女人说："那些愿意清白的人，他们将得到清白。"【写作借鉴点：重复启示，加深印象。】后来他听见教堂的钟声敲得非常响亮，而且就在他附近；不管刚才老婆婆怎么说不是星期日，他肯定准是星期日。他要去做礼拜，看看教堂里面是什么景象。可怜的小家伙，他一生中就从来不曾进过教堂啊。可是他这样浑身的煤灰和肮脏，人家决不会放他进去的。他得先到河里洗洗。他大声跟自己说了又说："我一定要干净一下，我一定要干净一下。"不过因为他是半醒半睡，说这话时自己并不知道。

忽然间，他发现自己并不躺在草棚里的干草上，而是站在一片草场中间，面临着一条路，前面就是小河。他一面自言自语（言、语：说话。自己跟自己低声嘀咕。）："我一定要干净一下，我一定要干净一下。"许多孩子生病时，常会在睡梦中从床上爬起来，在屋子里乱走。汤姆也是这样，两条腿就在睡梦中走到草场上去。可是他自己一点不觉得惊奇。他走到小河边上，在草地上躺下，望着下面清澈的石灰泉，泉底下清洁的石子一颗颗放着光彩。水里的鳟鱼看见汤姆的一张黑脸，吓得四散逃走。汤姆把手浸在水里，觉得水非常清凉。他说："我要变一条鱼。我要在水里游泳。我一定要干净一下，我一定要干净一下。"【写作借鉴点：三次重复同一句话，有着更深层次的含义。】

说完，他就急急忙忙把身上所有的衣服脱掉，有些衣服都被他扯破了，不过这些衣服已经又旧又烂，自然很容易扯破。这时他把两只酸痛的脚伸在水里，然后两条腿也伸进去。他入水愈深，脑子里的教堂钟声就敲得愈响。

"啊，"汤姆说，"我一定要赶快把自己洗干净。不久钟声就会停止，教堂的门就会关上，我就会永远进不去。”

汤姆错了，因为英国的教堂在做礼拜时始终开着，随便哪个都可以进去，不管是教徒不是教徒。不过汤姆并不知道这一点。不仅如此，许多别人知道的事他都不知道。

而且他自始至终都没有看见那个爱尔兰女人。这时候她已经不跟在他身子后面，而是走在他的前面了。

原来那爱尔兰女人在汤姆来到小河边之前，自己已经走进又清又凉的河水里去。她的披巾随水漂去，绿水草漂来围住她的腰，白莲花漂来围在她的头上，河里的仙女全从河底跑上来，用胳膊抬着她到了水底下。原来她是这些仙女里面的仙后；而且可能也是另外许多仙女仙女的仙后呢。【阅读能力点：爱尔兰女人的身份揭晓，拉开了故事的序幕。】

“你往哪里去来？”

“我弄平病人的枕头，把甜蜜的梦境低声灌进他们的耳朵。我打开村舍的窗户，把窒息的空气放出去。我劝诱小孩子离开阴沟和传染疾病的臭池塘。我拦住女人走进酒店的门，并且阻止那些男人打自己的老婆。我尽我的力量去帮助那些不肯帮助自己的人。我做的还很不够，但是做得却很吃力。我还给你们带了一个新来的小弟弟，一路照应着他到了这里。”

那些仙女听说要有个小弟弟来，全都开心得笑了。

“可是大家记着，不能让他看见你们，或者知道你们在这里。他现在还只是个野人，就像那些生生死死的鸟兽一样，他得从那些生生死死的鸟兽身上学到教训，因此你们都不能跟他玩，或者说话，或者让他瞧见你们；只能够保护他不受到伤害。”这样一说，那些仙女都闷闷不乐（闷闷：心情不舒畅，心烦。形容心事放不下，心里不快活。）起来，因为不能跟这个新弟弟玩。不过她们一向都是很听话的。

仙后又顺着小河漂下去；她去的地方也就是她来的地方。可是这一切，汤姆当然没有看见或者听见。即使他看见或者听见，这故事恐怕也不会有什么两样。因为汤姆这时又热又渴，而且非常希望使自己干净一下，所以赶忙一头钻进那清凉的河水里去。

他钻进水里没有两分钟，立刻就沉沉睡去，而且有生以来从没有睡得这样安静、这样畅快、这样舒服过。他梦见今天早上走过的青草地、大榆树和那些睡着的牛。这以后他就什么都记不起了。

他所以能够这样快活地睡去，理由很简单，然而人家始终弄不明白，其实只是因为那些仙女把他收留下来罢了。

有些人认为仙女是没有的。但是这是个广阔的世界，尽有地方给仙人藏身而不让人们看见；当然；除非人们找的地方对头，那就又另当别论（指原来的看法或结论不能成立而应当另外加以评论。）。要知道世界上最神奇和最强大的恰恰就是那没有人看得见的东西。你体内有生命，是生命使你成长，走动和思索，然而你却看不见它。还有，蒸汽机里有蒸汽，使机器走动的就是蒸汽，然而你却看不见它。所以是世界上很可能有仙人，而应了那首老歌曲：“使这世界转动的是爱啊，爱啊，爱。”

推动世界运转的，很可能就是那些仙人；不过只有那些一颗心也和着那首老歌曲的人才能够看见他们。不管怎样，让我们假装世界上仙人是有的。我们有时得假装一下，这也不是第一次了，因为这是本童话，如果没有仙人，这童话怎么写得下去呢？那位好心的老婆婆在十二点钟放学是回来看汤姆，可是汤姆并不在。她去找他的足迹，可是地上非常坚硬，一个足迹也看不见。

老婆婆就这样含怒又进去了，以为汤姆用一套假话欺骗了她，先假装生病，然后又溜掉。

可是第二天她就改变了看法。

话分两头，当时约翰爵爷和其余的人追赶汤姆，跑得上气不接下气，终于不见了汤姆的踪影，只好回去。他们的样子非常像一群木鸡。随后约翰爵爷听到老保姆的一番话，那班人就更加像木鸡。后来那穿白衣服的小姑娘爱丽小姐把全部情形说出来之后，他们就更加像木鸡了。【写作借鉴点：运用比喻的修辞手法，形象地描述了追赶汤姆的人在听到事情原委后的真实表情。】她说，她看见的只是一个可怜的黧黑的扫烟囱小孩，一面哭，一面抽噎，预备重又回到烟囱里去。当然，她吓得非常厉害，这也难怪。事情仅此而已（只有这样罢了。）。房间里的东西一件也没有拿。从那孩子一双煤污小脚的脚印可以看出，这孩子在老保姆来到之前，就没有离开炉毯一步。这完全是误会。这样，约翰爵爷就叫葛林回去，并且许下他，如果他肯把这孩子好好带来对证一下，一点不打他，就赏他五个先令。依照约翰爵爷以及葛林的想法，汤姆总是溜回家去了。可是那天晚上，汤姆并没有回到葛林先生家里。葛林只好上警察局去，请局里打听汤姆的下落。但是到处都打听不到。至于汤姆已经跑过那些大沼泽到了凡谷那边，那就跟汤姆跑到月亮上去一样，是他们做梦也想不到的。

第二天，葛林先生苦着一副脸到哈特荷佛府来。可是当他到达那边时，约翰爵爷早已上山去，而且跑得很远了。葛林只好在下房里坐了整整一天，喝喝强烈的麦酒解闷。因此远在约翰爵爷回来之前，他的愁闷早已烟消云散（像烟云消散一样。比喻事物消失得干干净净。）了。

原来头一天晚上，约翰爵爷在床上简直睡不着。他跟他的妻子说：“亲爱的，那孩子一定跑到沼地里去，迷失路了。可怜的孩子，他使我的良心非常不安。不过我自有办法。”

因此，第二天一早五点钟他就起身，洗了个澡，穿上他的打猎装束，扣上绑腿套，就上马房去。他命令手下人把他打猎的小马牵来；叫马夫骑着自己的小马；叫管猎狗的和他的下手，和下手的下手，和小马夫牵来一条有小牛那样大的大猎狗。那狗用皮带拴着，狗身上斑斑点点的颜色就像一条石子路，两耳和鼻子的花纹像桃花心木的花纹一般，喉咙叫起来像钟声一样洪亮。【写作借鉴点：细节描写展现了有钱人的生活状况，突出了贫富差距是如此之大。】那些人把猎狗牵进汤姆逃进树林的地点。猎狗发出洪亮的叫声，把它晓得的事情全都告诉他们。

随后猎狗又把他们引到汤姆爬过的那道墙。他们把墙推倒一处，都跨了过去。那只聪明的猎狗又领着他们走过那些沼地，一步一步地走，走得非常慢，原因是，你知道，汤姆的气味经过一天的时间，再被太阳一蒸晒，已经不大闻得出了。不过老约翰爵爷也真有他的鬼心眼，他早上五点钟爬起来就是为的这个缘故啊。终于那狗走到卢斯威特岩的顶上，在上面狂吠不止，并且朝着大家的脸望，那意思等于说：“我告诉你们，他从这儿下去了！”

“上帝饶恕我们啊！”约翰爵爷说，“这孩子如果找到的话，那一定是在岩下面跌死了。”

他的大手在大腿上一拍，又说：“哪个爬到卢斯威特岩下面去，看看那个孩子还活着不？唉，我假如年轻二十岁的话，我就亲自下去了！”后来他又说：“哪个能把这孩子救上来，就赏他二十镑！”

在这一群人里面，有一个小马夫，真的，一个很小的小马夫，骑马到汤姆住的院子那边，通知汤姆上哈特荷佛府来的那个小马夫就是他。他说："二十镑倒无所谓，单单为了救这个孩子，我也要下卢思威特岩走一趟。这孩子讲话非常有礼貌，在扫烟囱的孩子里面，再也找不到第二个了。"

这样他就爬下卢斯威特岩去。在岩顶上是那样一个穿得漂亮的小马夫，到了岩下面，却变成个衣服破烂的叫花子了。原来他把绑腿扯破了，把马裤也撕破了，把上褂也撕破了，把背带也挣断了，把皮鞋也绷破了。把帽子也丢了，更糟糕的是，把衬衫上一根别针也丢了。别针是金的，小马夫一向就很珍爱这根别针，所以对于他说来的确是很严重的损失，可是汤姆仍旧到处找不着。【写作借鉴点：细节描写表现了小马夫寻找汤姆经历的困难重重。】

这时候，约翰爵爷和余下的人都已骑马兜了过来。他们先向右面跑了足足三英里，然后再折回来，进了凡谷，并且到达岩下。

当他们走到老婆婆的学校时，小孩子们全都跑出来看他们。老婆婆也出来了。她看见约翰爵爷，行了一个很深的曲膝礼，原来她是约翰爵爷的房客。

"怎么样，太太，你好吗？"约翰爵爷说。

"愿你的福气就像你的脊背一样宽。"她说，"欢迎你光临寒舍，你难道在这种天气也打狐狸吗？（猎狐狸在秋冬之交，现在是夏天，所以她这样说。）"

"我正在打猎，而且打的是个特别的东西。"他说。

"你这是好心，你今天早上脸色这样发愁是什么缘故？"

"我在找一个迷失的小孩，一个扫烟囱的。他从我那里逃出来的。"

"啊，哈特荷佛，哈特荷佛，"她说，"如果我把这孩子的下落告诉你，你能不能不伤害这个可怜的孩子呢？”

“决不，决不，太太。我们那时完全出于一个糟糕透了的误会，把他从我的家里追赶出来。猎狗把他的踪迹一直追索到卢斯威特岩上，下面就……”

老婆婆听到这里，也不等他说完，就叫了出来：“原来他告诉我的竟是真话啊，可怜的小宝贝！”接着她就把全部事实告诉了约翰爵爷。

“把狗带到这儿来，放它去找。”约翰爵爷只说了这么一句，就咬紧牙关再不开口了。那狗立刻找起来。它跑到村舍后面，穿过那条路，穿过草地，又穿过一处小赤杨丛。在赤杨丛那边一棵赤杨断株上面，他们看见汤姆放着的衣服。这样一来他们全都明白了。

那么汤姆呢？【阅读能力点：这也正是读者好奇的地方，引起了读者的共鸣。】

啊，现在到了汤姆的奇遇里面最奇怪的部分了。汤姆醒来时（他当然要醒来的，因为孩子睡足之后，总是要醒来的），发现自己在河里游着，身体只有四英寸长，或者说得更准确些，只有三点八七九〇二英寸长，而且在自己咽喉两边耳下腺的部分长了一对外鳍（我希望这些专门名词你都懂得），就像一条吸血水蛭的两只鳃一样。汤姆当作这是花边做的领子，直到他拉了觉得疼痛时才决定是自己身体的一部分，所以最好还是不要碰。

事实上，那些水仙已经把他变做一个水孩子了。

可是约翰爵爷、管园子的、马夫等等却上了一个大当。他们看见水里面一个黑东西，说那是汤姆的身体，他已经淹死了，一个个说不出来的难受。他们完全错了，汤姆好好地活着，而且从来没有那样干净过，快活过。那些仙女，你知道，在急流里把他洗得非常干净，不但把汤姆身上的肮脏洗掉了，连他的脏腑也给洗过了。【写作借鉴点：呼应了上文中的三次提到的“我一定要干净一下”。】这样，真正的汤姆就从里面洗了出来，并且游走了。他就像那些蜉蝣的幼虫一样，先用石头和丝做了一个茧，然后在茧上钻了一个洞，自己钻了出来，仰着面游到河边，在河边把自己的外壳挣裂，就变成蜉蝣，四只褐黄色的翅膀，长腿长脚。蜉蝣都是些傻瓜，人家夜晚开着门，它们就会向蜡烛扑去。现在汤姆安安稳稳脱掉他满是煤灰的旧外壳，我们希望他要比蜉蝣聪明些儿。

可是由于约翰爵爷并不是生物学会的会员，这些道理他完全不懂得，满以为汤姆已经淹死了。当时他们搜索一下汤姆躯壳的口袋，发现口袋里面既没有首饰，也没有钱，什么都没有，只有三粒弹子和一个铜钮扣，上面系了一根线。这一来可把约翰爵爷逗哭了，哭得从来没有那样伤心。

经他这一哭，小马夫也哭了，管猎狗的人也哭了，老婆婆也哭了，老保姆也哭了（因为这事多少要怪她），爵爷太太也哭了。可是那个管园子的，虽然他头一天早上对汤姆那么温和，却没有哭出来，原因是他追赶那些偷猎的人已经追得筋疲力尽，要想他出一滴眼泪简直就跟一块牛皮挤不出牛奶一样休想。葛林也没有哭，因为约翰爵爷给了他十镑钱，他在一个星期内全拿来喝酒喝光了。【阅读能力点：人们形形色色的哭与不哭，揭露了丑恶的人性。】

约翰爵爷随即派人四处去找汤姆的父母，可是他恐怕等到世界的末日还是找不到。那个小姑娘将会有整整一个星期不肯玩她的玩偶，因为心里永远忘记不了汤姆。在凡谷那个小墓园里，就在许多石灰岩之间，那些凡谷的老居民都挨次地埋葬在那里，不久，爵爷太太也将在这块埋葬汤姆躯壳的地方立一个美丽的小墓碑。那个老婆婆每个星期日将要给这座墓碑挂上花圈，一直到她老得不能出去时，才由那些小孩子替她挂上。而且当她坐着织她的所谓礼服时，她总是唱着一首非常古老的歌曲。孩子们全不懂得；虽然不懂，却照样喜欢，因为歌声很美，而且很凄凉；这对孩子们就行了。歌词是这样的：

“当世界还很年轻，孩子，
而且所有树木全都绿油油，
当只只水鸟都是天鹅，
当姑娘们个个是皇后，
那就骑上你的马，孩子，
到世界上各地去遨游；
年轻的血液必须流动，
就像狗一定要出去溜。
当世界变得衰老了，孩子，
而且树木全都变黄，
当一切游戏都变得乏味，
当一切轮子都派不上用场，
那就爬回家找一个角落，
加进那衰老的一伙；
老天容许你找到一张脸，
就是你年轻时爱过的那个。”

这就是歌词，但这只是歌的外壳：歌的灵魂是老婆婆的温柔的脸，温柔的歌喉和她唱起来时那种温柔古典的声调，可惜这种声音是无法形诸笔墨（形：描写；诸：“之于”的合音。用笔墨把它写出来。）的。终于老婆婆变得完全走不动了，天使们没法子只好把她带走：他们给老婆婆穿上她的礼服，抬着她飞过哈特荷佛泽，并且飞往更远的地方去；凡谷又来了一位新的教师。

而这一段时间里，汤姆始终都在河里游泳着，颈上带着一个鱼鳃那样的花边领子，非常好看，像一条小黄鳝那样活泼，又像一条初生的鲑鱼那样干净。【阅读能力点：将故事情节引入“水孩子”这个主题。】

如果你不喜欢我的故事，现在大可以就到教室里去学习你的乘法表，看看你是不是会比较喜欢那样的东西。毫无疑问，有些人是会的。有人喜欢，就会有人不喜欢。这就是，据他们说，建造一个世界的规则。

【学习要点】

汤姆进入了一个陌生的世界，经过一系列的事情以后，变成了一个水孩子；但是人们却以为他已经死了，所以出现了各种各样的表情，有的人哭了，有的人没有哭。真实的情况到底是什么呢？

【读品悟】

本章主要讲述了汤姆变成水孩子的过程，在去往谷底路上的一个又一个“又”字，突出了路程之远，表现了汤姆的勇敢；汤姆变干净了，和路上被污染的对比，突出了他的变化；人们认为汤姆死了，而他却以另一种形式活着，使情节进入了主题。

【思考探究】

1.小马夫为什么愿意去找汤姆？

2.人们寻找汤姆的时候只发现了汤姆的衣服，汤姆去哪里了？

第三章

名师导读

汤姆变成了水孩子，在那一方水域里生活了一段时间，他是怎样和那里的生物相处的？当他不满足于现状的时候，他又是如何做的？

汤姆现在完全是水陆两栖了。你不知道那是什么意思？那么，你最好是去问离你最近的小学老师，他可能会非常利落地回答你，就像这样："水陆两栖（Amphibious），一个形容词，来自两个古希腊的词根，'AMPHI'，它的意思是一条鱼，而'BIOS'，它的意思是一头野兽。我们的祖先把他们看到的一种动物想象成鱼和野兽的混合体；就像是一头河马，能在陆地上生活，也能在水里游。"

无论如何，汤姆现在是水陆两栖了。尤其好的是他现在非常干净了。他有生以来第一次觉得，身上什么都不穿是多么舒适。可是他只觉得开心，他并不知道或者想到这件事；就像你生活得很好，身体好好的，然而并不想到这些上面去一样。他不记得自己过去肮脏。说实在话，他旧日的那些不幸：疲劳、饥饿、受打或者逼着去爬黑暗的烟囱，这些他全都记不起了。从那一次酣睡之后，他把他的师傅、哈特荷佛府和那个穿白衣服的小姑娘全都忘得干干净净。总之，他以前生命中所碰到的一切，全都被他忘记掉。尤其是，他连自己从葛林那里，以及从他平日一起玩耍的野孩子那里学来的下

流话也全都忘记了。【阅读能力点：汤姆忘记了过去的一切，暗含抛弃过去的一切陋习、重新开始生活的意思。】

这样并不奇怪。要知道，当你出生到世界上来，做一个陆地上孩子，你是什么都不记得的。所以当汤姆变做一个水孩子时，他为什么要记得什么呢？

汤姆在水里过得很快乐。他在陆地上工作太过度了，所以现在为了补偿从前的损失，他在水里的世界要有一段很长的时间都过着假期。他除了尽情享受，看看水里那许多美丽的东西外，什么事都用不着做。在水里，太阳从来不太热，冬天也永远不太冷，真是个清凉的世界啊！

他吃什么呢？也许吃些水芹吧，或者水粥和水奶。许多陆地上的孩子不也是这样吃吗？可是水中生物吃些什么东西，我们知道的只有十分之一，所以没法子替这些水孩子回答。

汤姆有时候沿着平坦的铺了沙的水路走，看那些在石头中间钻进钻出的蟋蟀，就像陆地上的兔子钻进钻出一样。有时候他爬上礁石，看那些沙禽成千成百地在那里盘旋，一个个都长了美丽的小头和长腿，在那里窥测。有时候，他躲在一处幽静的角落，留意观察那些蜉蝣的幼虫吃枯树枝，就像你们吃糕饼一样，吃得非常馋。看它们吐丝造房子真有趣啊。它们就像太太小姐们喜欢换花样，一种材料从来不肯用上两天的。这一个开头用小石子造，后来就会粘上一根绿水草，后来又会找到一只贝壳来粘上。可怜那只贝壳还活着呢，当然不愿被人家用来造房子。可是那些幼虫哼都不许它们哼一声，就跟一些自以为了不起的人一样，又是粗暴，又是自私。后来它又会粘上一片烂木头，随后又加上一块很漂亮的淡红石子，所以弄到后来，它的房子就像爱尔兰人的大衣一样，到处都是补丁。

后来它找到一根稻草，差不多有它自己五倍那样长。它说：“哈哈！我姊姊有根尾巴，我也来一根呢。”它把稻草放在自己脊背上，得意洋洋地拖着稻草到处跑；虽然不方便，它可不管。这样一来，那座池塘的蜉蝣幼虫全都流行起尾巴来。那时已经是五月天气，所以它们全都屁股后面拖着一根长稻草，跌跌撞撞（形容走路不稳的样子。）到处跑，尾巴夹在大腿中间，不是我跌在你身上，便是你撞在我身上，神气非常可笑，把汤姆笑得连眼泪都流了出来，就像我们有时候那样。可是，你知道，这些幼虫的做法还是对的啊，因为人都要赶时髦，便是鸭蛋壳的帽子（鸭蛋壳的帽子是作者嘲笑当时英国妇女中间流行的一种小帽。）也不错呀。

有时候汤姆会跑到一处幽静的深潭那儿。在这里，他才可以看见那些所谓的水森林。这些森林在你眼中看来不过是些小水草，可是你得记得，汤姆的身体已经变得很小，所以任何东西在他眼中看来，都比你看到的大一百倍。这情形就和鲦鱼一样，鲦鱼能够看得见的和捕捉的水中生物，在你是只能在显微镜下面看见啊。

在这片水森林里，汤姆还看见了水猴子和水松鼠（不过全都是六只脚的；水里的东西，除掉水蜥和水孩子外，几乎全都有六只脚）在树枝中间走动得非常敏捷。那里还开放着成千成百的水花。汤姆原打算摘些花，可是手才碰上去，那些花立刻就缩成一块肉冻。汤姆这才看出来，这些花全都是活的，有的像铃子，有的像星星，有的像轮盘，有的像花，有各种美丽的形状和颜色。它们全都是活的，而且跟汤姆一样，全都很忙。【阅读能力点：花儿千奇百怪，看得汤姆目不暇接。】汤姆这时才明白，世界上形形色色（指各式各样，种类繁多。）的东西比他初看上去要多得多。

这里还有一个奇妙的小东西，他从一圈砖头里向外窥望。他有两个圆圆的嘴巴，一颗挨着一颗的牙齿，就像打谷机上的齿轮一样在那上面排成了一圈圈的。汤姆停下来盯着它看，想知道他会用这些牙齿来做什么。你猜猜他在做什么？做砖头。他用他的两个嘴巴把水底的泥浆收集在一起，再把它们吃下肚，所有的泥浆都在他自己胸口的一个小孔里转着，像纺纱似的给做成一个圆溜溜的砖头，然后他就把这块砖放在它小屋的围墙上，接着再去做下一块。他是不是一个聪明的小东西呢？

汤姆也是这么想的。他想和这个小东西说话，可是它忙着自己的工作，根本就没有注意到他。

你要知道，水底下的东西全都是会讲话的，不过不是讲我们讲的那种话，而是像马啊、狗啊、牛啊、鸟啊同类交谈的那种话。汤姆不久也学会了它们的话，而且学会跟它们交谈。如果汤姆是个好孩子的话，他很可以交到许多合意的朋友。可惜的是，他也跟别的小男孩子一样，都喜欢捕捉和虐待动物取乐。有人说，小孩子总是管束不了自己的，天生就是如此。可是不管天生如此还是不如此，小孩子一定能管束得了自己，而且一定要管束得了自己。因为如果他们天生要做那些顽皮、下流、捉弄别人的事情，那么那些猴子也是天生如此的，难道说他们就应当像猴子一样愚蠢，放任自己吗？这绝不能成为理由。所以小孩子们决不可以虐待动物。【阅读能力点：以孩子的视角写出了为什么不能虐待动物。】如果虐待的话，一个将要出场的老太太准会给他们一点苦头吃，那是他们自找的。可是汤姆并不知道这些道理。他向水里那些可怜的动物扔石子，叫骂着赶走它们，弄得那些小东西非常惨；后来全都怕了他，都远远避开他，或者爬进自己的外壳里去。这样一来，汤姆就找不到一个跟他谈话或者玩耍的对象了。

当然啦，那些水里的仙女，看到他这么不快活都很难过，她们想帮他，告诉他不要再淘气，教他学得礼貌些，并且同他一起游戏耍玩。可是这样做是被禁止的。汤姆必须通过自己的亲身经历来学习什么是好，什么是不好。就像其他那些傻傻的人一样，即使有许多善良的人想帮他们学好，但是能教他们的只有他们自己。【阅读能力点：汤姆必须自己学会分辨善恶对错，这也是给读者以启示，我们是不是也应该自己去分辨善恶对错呢？】

后来有一天，他发现了一条石蚕（石蛾的幼虫。），他想看看它的房子里面是什么样，可它却关着门。汤姆从来没有见过一条关着门的石蚕，所以这个爱多管闲事（没有必要而插手管别人的事。）的小家伙，就上去把那个门给拽开了。真没羞！你要是正躺在床上，会愿意这时有人来砸开你的房门么？可汤姆却把那个最是精致的丝编的，嵌着好多水晶一样闪闪发光的小石头的房门一下子给砸成了碎片。他朝里面一看，一个石蚕正抬着像小鸟一样的脑袋望着他。可汤姆向她叫喊时，她却什么也回答不了。因为她的嘴和脸都包在一层粉红色的薄膜里面。不过她虽然没有作声，所有在边上的石蚕却都叫了起来，他们举着触手，就像小猫一样尖声叫道：“你这个讨厌的淘气包！你又在闯祸了！她刚刚才要做一次半个月的休眠，然后变出漂亮的翅膀来，飞去产卵；可你却把她的门给砸破了。现在她什么也做不了，因为她的嘴有半个月都不能动，现在她只能等死了。谁叫你到这儿来害我们送命的？”

于是，汤姆溜走了。他非常为自己害臊，却变得更淘气了。就像所有那些小男孩一样，虽然知道自己错了，但是就不肯认错。【阅读能力点：汤姆开始认识到自己的错误，虽然不愿意去改正，但是他已经有了分辨对错的意识了，这是一个好的开始。】

后来，他遇上了一群小鳟鱼，就开始吓它们，还想捉住它们。可是它们从他的指头间滑走了，并因为受惊过度一齐往水面上跳。可就在他追逐它们的时候，靠近一棵老桤树根的一个黑树洞里，忽然窜出来一条有汤姆十倍那么大的老斑鳟，它从他身边冲出去，撞得他直往外吐气泡。我真不知道他们两个谁因此受的惊吓更大些。

这以后他变得更孤单也更生气了，这也是他罪有应得（应：应该。按罪恶或错误的性质，理应得到这样的惩罚。）。他在一个河堤底下发现了一个非常肮脏的丑东西，大约有他一半高，长着六条腿和一个大肚子，还有一个难看得要命的脑袋，一张长驴脸上凸着两个大大的眼睛。

“噢，”汤姆说“你可真是个丑家伙！”然后就对着它做起鬼脸来。他把鼻子凑过去，发出很大的声音来，就像一个没礼貌的小男孩。

说时迟，那时快，那个驴脸忽然不见了，从那里伸出一个带钳子的长长手臂来，一下子夹住了汤姆的鼻子。它并没有伤着他，可却夹得非常紧。【阅读能力点：汤姆因为自己的不礼貌受到了应有的惩罚。】

“呀，啊！噢，放了我！”汤姆叫道。

“那么你也要放过我，”那个东西说，“我想要安静一会儿。我要蜕变了。”

汤姆保证说他会让它安静，于是他被放掉了。

“为什么你要蜕变了？”汤姆问。

“因为我的兄弟姐妹都得蜕变，然后变成会飞的漂亮生物，所以我也要。不要和我说话了。我马上就要变了。我变了！”【写作借鉴点：话语里描述的是这个丑东西身体上的蜕变，暗喻心灵上的

蜕变。】

汤姆静静地站着，看着那小东西。它正在膨胀，僵硬地向外挺着自己的身体，最后——啪的一声——它的整个后背都裂开了，然后它的头露了出来。

从那个被蜕下的身体里，钻出了一个最纤细、雅致、柔软的生命来，就像汤姆一样光溜溜的，却很是苍白和虚弱，如同一个在黑房间里待得太久了的小孩子。它无力地移动着自己的腿，腼腆地环顾四周，就好像一个刚刚走进跳舞厅的女孩子。然后，它就慢慢地爬到一根伸出水面的草茎上去了。【阅读能力点：以汤姆的视角来观察小东西的蜕变过程，使他获得心灵的震撼。】

汤姆惊讶地看着这一切，一句话也说不出来。他也跟着浮上了水面，想看看接下来会发生什么事情。

当那个小东西坐在温暖的太阳光底下时，一种奇妙的变化就开始了。它变得坚硬和强壮起来，它的身上显出最漂亮的颜色，蓝、黄、黑相间，有些是斑点，有些是条纹。在它的背上伸出了四只透明的褐色大翅膀，它的两个大眼睛占据了整个脑袋，就像上千颗钻石一样闪闪发光。

“噢，你多漂亮啊！”汤姆说。他伸出手想去捉它。【阅读能力点：汤姆很羡慕小东西的蜕变。】

可那个小东西呼地飞到了空中，平展着翅膀在那里停留了一会儿，就又大胆地落在了汤姆身边。

“不！”它说道，“你不能捉我。我现在是一只蜻蜓了，是所有飞虫的国王。我要在阳光下飞舞，在河流上盘旋，去吃蚊蚋，享受我美好的一生。我知道自己要做些什么。多好哇！”于是它飞上天空，开始捕捉蚊蚋。

“噢！回来，回来，”汤姆叫道，“漂亮的小东西。我没有一个朋友，我在这里很孤单。如果你愿意回来，我绝不会再捉你了。”

“我不在乎你会不会再捉，”蜻蜓说道，“因为你是捉不到我的。不过等我吃过了晚饭，再去四处看一番风景之后，我还会回来的，和你聊聊我旅行时的见闻。天哪，这是多大的一棵树啊！这上面的树叶也这么大啊！”

这其实是一个大码头。可你要知道蜻蜓还从来没见过除水草之外的植物呢。所以一切在它眼里都很奇特。此外，它还近视得厉害，所有的蜻蜓都是近视眼，鼻子之外一码远就什么也看不清了。不过有许多其他的生物，还没有蜻蜓的一半能耐呢。【阅读能力点：蜻蜓有它的缺点，但是它身上的闪光点确是许多其他生物都不具备的，所以我们不只要看到别人的缺点，来约束自己不要像他那样，更重要的是要去发现别人身上的优点，并且要学习它，使自己更加优秀。】

那只蜻蜓真的又回来了，并且和汤姆聊起天来。它因为自己的漂亮外表和大翅膀而有些自以为是，不过你得知道，它过去一直就是那么一只丑陋肮脏的小虫子，所以它有充分的理由对现在的自己感到满意。它滔滔不绝（滔滔：形容流水不断。像流水那样毫不间断。指话很多，说起来没个完。）地谈论着自己在树林和草地上看到的那些奇妙的事物。而汤姆也很喜欢听它说话，因为他对那些地面上的事情都已经忘记得差不多了。很快，他们两个就成了非常要好的朋友啦。

可喜的是，汤姆那一天受了那么一个大教训，使他很久都不去虐待动物。后来那些石蛾幼虫也变得很温驯了，时常跟他讲些稀奇古怪（指很少见，很奇异，不同一般。）的事情，讲它们怎样造房子，怎样换皮肤，最后怎样变成飞虫，使汤姆听得巴不得自己也换换皮肤，而且有一天也像它们一样长一对翅膀。

那些鳟鱼也跟他和好了（它们虽然被汤姆吓了一下，而且吃了苦头，可是不久就忘记了）。汤姆所以时常和它们玩猎犬逐兔的游戏（这是一种室外游戏，扮兔子的先跑，到处洒些纸屑，算是兔子的气息，再由扮猎狗的顺着纸屑的踪迹把兔子捉到。），而且玩得非常开心。汤姆总是想翻身跳出水面，就像那些鳟鱼在大雨来时那样跳法，可是不知什么缘故，总是做不到。他最喜欢看鳟鱼跳起来捉飞虫吃。这种场面他以前可是从来也没有看见过。它们总是在那棵大栎树阴影下面兜来兜去。因为这里常有甲壳虫落在水里，还有绿毛虫无缘无故从树枝上把自己的丝牵下来，然后又无缘无故改变自己的糊涂念头，又把自己牵上去，爪子把丝卷成一个球那样。这是一个很聪明的走绳戏，连那些杂技团的人都做不到。可是谁也不懂得它们为什么要费这么大的事，因为杂技团是靠走绳子维持生活的，不得不拼命，这些毛毛虫又为的什么呢？

汤姆就是在这些毛毛虫快要碰到水面时把它们捉住。

他还捉到些赤蝇、飞蛾、蜘蛛和短尾的蜉蝣，黄的、褐色的、紫红的、灰色的都有，全送给他的朋友鳟鱼吃。也许他对这些飞虫太残忍了一点，可是一个人力量办得到时，总得帮帮朋友的忙啊！

【阅读能力点：汤姆有了朋友，而且还懂得了要帮朋友的忙。】

终于他连飞虫也不去捉了，原因是他碰巧和里面一个飞虫做了朋友，发现它是个有趣的小家伙。事情的经过是这样的，而且完全是真事。

那是七月里一个大热天，汤姆正在水面上晒太阳，捉些蜉蝣给鳟鱼吃。这时他看见一个新东西，小小的深灰色的身体，褐黄头。它昂着头，竖着翅膀，竖着尾巴，连尾尖上两只尖刺也都竖了起来。总而言之，它看上去十足的神气活现（自以为了不起而显示出来的得意和傲慢的样子。）。你看他，当着汤姆并不溜走，反而跳上汤姆的指头，坐在那里，显出很了不起的样子，而且用极其尖细的声音向汤姆叫道："很感谢你的盛意，可是我现在还不需要。"

"需要什么？"汤姆问，看见他这样老脸厚皮，很是吃惊。

"你的腿啊，承你的好意伸出来给我坐，可是我得去看望我的妻子。唉！有个家真是累人！"（其实这个懒惰的小混蛋什么事都不管，完全丢下它妻子一个人去生蛋）"等我回来，我倒愿意坐坐，如果你还是这么好意的话，就照这样把腿伸出来。"说完就它飞走了。

汤姆的印象是，这家伙有点不近人情（不合乎人的常情。也指性情或言行怪僻。）。五分钟后，那东西回来，给他的印象更深了。"啊，你等得腻了吗？好吧，你的另一只大腿也行。"这就是它的话。它跳上汤姆的膝盖，开始用尖细喉咙谈起来。

"原来你住在水底下面吗？那是个下流地方。我也住过些时候，又冷又脏。可是我不甘心就这样住下来。我总算争气，爬了上来，穿上这套灰色衣服。这套衣服很正派，你觉不觉得？"

"的确很整齐，而且素淡。"汤姆说。

"对啊，一个人有了家，就得整齐一点，素淡一点，体面一点，诸如此类。不过我已经弄得腻了，说实话。我觉得，在上个星期为了延续自己的生命，我已经够忙的了。现在我要穿上赴宴的衣服，出去逛逛，神气一下。我要看看外面的花花世界，跳两个舞。一个人为什么不应该及时寻寻欢乐呢？"

"你的妻子怎么说呢？"

"哦！她是个老实无趣的女人，事实就是如此。她脑子里只有生蛋。她如果愿意跟我出来，她就来好了；她不出来，怎么，那我就不管她，我自己来了。”它说着说着，脸色变得苍白，接着又变得雪白。

“怎么回事，你病了吧？”汤姆说。可是没有回答。【阅读能力点：汤姆懂得关心人了。】

汤姆望着它站在自己的膝头上，就像死灰一样。“你死了？”汤姆说。

“没有，没有死！”头上一个尖细的声音回答，“我现在是在你头上了，穿着我赴宴的衣服；膝上是我的躯壳。哈哈！你可变不出这种把戏来！”

的确，汤姆变不出来，世界所有的魔术家全都变不出来。原来那个小家伙已经完全脱去自己的躯壳；再看汤姆膝上剩下的那只外壳时，眼睛、翅膀、大腿、尾巴都全，就跟活的一摸一样。

“哈哈！”它说，随即连纵带跳，上上下下飞个不停。“我现在是不是个漂亮人物了？”

它确是漂亮，因为它的身体是白的，尾巴是桔黄的，眼睛就像孔雀翎一样有着各种各样的色彩。最奇怪的是它尾巴梢上的尖刺已经比以前长出了五倍。“啊！”它说，“现在我要去看看这个花花世界了。我的生活是不用花费什么的，因为，你瞧，我没有嘴，而且肚肠也没有，所以我永远不会饥饿，也不会发胃病。”

它的确不会。它已经生得像一根鹅毛管一样干，一样硬，一样空洞了。凡是这一类头脑愚蠢、心胸狭小的家伙到头都会变成这样。

可是它对自己这样腹内空空不但不觉得惭愧，反而非常得意，就像许许多多的漂亮人物一样。【阅读能力点：这是对上层社会某些人的无情讽刺。】它一面上下跳跃，一面唱歌：“我妻子跳舞呀我唱歌，一天里快乐不曾停；聪明人要做聪明事，穷愁苦闷别放在心。”

就这样它飞舞了三天三夜，最后疲倦到极顶，一跤跌在水里，冲了下去。后来是怎样情形，汤姆从没有打听出来，也不放在心上；因为汤姆听见它被水冲下去时，最后还是唱着：“穷愁苦闷别放在心。”

如果它自己不放在心上，谁又要放在心上呢！【阅读能力点：汤姆明白了人是需要区别对待的，不是每个人都可以成为朋友，都需要别人的关心。】

有一天，汤姆碰到一件新奇的遭遇。那时他坐在睡莲的叶子上，和他的朋友蜻蜓在观看蚊子跳舞。蜻蜓把蚊子尽量吃了一个饱，因为阳光很强，天气又热，所以坐着一动不动，要打瞌睡。那些蚊子对自己弟兄的死亡毫不放在心上，仍旧快快活活地在离汤姆右手几寸的地方停下来，用自己的爪子洗脸梳毛。蜻蜓还是一动不动，照旧和汤姆聊天，讲它从前住在水底下的时候怎样怎样。

忽然间，汤姆听见上游传来一阵非常古怪的声音，又是哭，又是嗥，又是号，又是啼，就像有人把两只野鸽、九只老鼠、三只豚鼠、一头瞎眼的小狗放在一只口袋里，由它们打个明白，吵得通天似的。【写作借鉴点：夸张的修辞手法，将声音的古怪展现得淋漓尽致。】

汤姆往上游一看，看见的情形跟他听见的一样古怪。一个大圆球从上游滚来，一会儿像是一团淡褐毛，一会儿又像是亮晶晶的玻璃。可是那东西并不是一只球，有时候散成许多块，各自游下来，随即又结合在一起。它自始至终都在叫嚷着，而且声音愈来愈高。

汤姆问蜻蜓这是怎么一回事，可是蜻蜓本来是个近视眼，那东西虽然不过二三十英尺远，它却望都望不见。汤姆一头钻进水里，手脚非常干净，亲自到前面去看。等走近时一瞧，那只球原来是四五只美丽的水獭，身体比汤姆要大出好多倍，都在水里翻翻滚滚，转侧搏斗，汤姆从来就没有看见那样好玩过。如果你不信我的话，不妨到动物园里去看看，让你自己说，水獭戏水的时候，是不是世界上最快乐、最灵活、最风趣的动物。不过便是在动物园里，恐怕你也未见得看得十分清楚，除非你早晨五点钟上考德里沼泽去。那儿淤水潭旁边有株快要枯死的大秃树，常有水獭出没。你可以仔细观看一下。

可是当里面最大的一只水獭看见汤姆的时候，它就从獭群中跳出来，用水里的话喊得非常清晰，说："快来，孩子们，这儿有吃食的了！"说时就向可怜的汤姆赶来，眼睛闪出凶光，张开大嘴，露出两排利牙。汤姆本来觉得它很美，现在看见它这副模样，就自言自语说："一个人的外表原来靠不住。"【阅读能力点：汤姆在看到一些事情的时候，慢慢地做着总结，有了自己的心得体会。】他赶快把身子藏在莲根中间，然后转过身来向老獭做个鬼脸。

"你出来，"那个恶意的老獭说，"否则只有对你更加不利。"

可是汤姆在两节粗莲根中望着它，使劲摇动着莲根，同时向他做着各种鬼脸，就像他从前活在陆上的时候，躲在栏杆后面讥笑那些老太婆一样。这当然不是上流派头，不过你要知道，汤姆还没有完成他的教育啊。

"走吧，孩子们，"老獭厌恶地说，"这家伙本来没有吃头。不过是只讨厌的水蜥，连池子里面那些下等的梭鱼都不愿意吃。"

"我不是水蜥！"汤姆说，"水蜥是有尾巴的。"

"你是只水蜥，"老獭非常肯定地说，"我从你的两只手也看得出来，而且我知道你有尾巴。"

“我告诉你我没有，”汤姆说，“你看！”说时就把自己美丽的小身体转过来——果然和你一样没有尾巴。

老獭如果要下台，很可以说汤姆是只青蛙，可是跟许许多多的人一样，只要自己一说出口，不管对还是错，总要坚持下去，所以它回答说：“我说你是只水蜥，因此你就是只水蜥，不配我和我的孩子这类上流人吃。你可以站在这里等鲑鱼来吃你。”【阅读能力点：在这里，老獭的虚伪便一览无余了。】它知道鲑鱼不会吃他，不过要吓唬可怜的汤姆罢了。“哈哈！鲑鱼要吃掉你，我们再吃掉鲑鱼。”老獭笑得非常恶意而且残忍。水獭有时候就会这样笑，你第一次听见的时候大约还会当作是鬼叫呢。

“鲑鱼是什么？”汤姆问。

“鱼呀，水蜥，大鱼呀，非常好吃的鱼。鲑鱼是鱼中之王，我们又是鲑鱼中之王。”它又笑了，“我们把鲑鱼在池塘里赶来赶去，把他们赶得没处跑，那些蠢家伙。鲑鱼非常骄傲，欺负小鳟鱼和鲦鱼，后来看见我们来了，就变得驯服起来。我们就把它们捉到，可是不屑把它们整个吃掉。我们只咬破它们的柔软的喉管，吸它们的鲜美的汁液，真美呀！”它说到这里，舔了舔自己凶恶的嘴唇又说下去，“然后扔掉，再去捉别的。鲑鱼就要来了，孩子们，就要来了。我能够嗅得出雨从海里过来了，这下面，哈哈，就可以来一次大水，还有鲑鱼，成天都吃不完。”老獭说到得意忘形（形：形态。形容高兴得失去了常态。）的时候，就接连翻了两个筋斗，然后半个身子站在水里，咧开大嘴笑得就像一只野猫。

“它们从哪里来的呢？”汤姆问。他很当心自己，因为有点害怕。

“海里来的，水蜥，汪洋大海。在海里，它们本来可以过得很安全。可是那些蠢物却从海里跑出来，跑到下游的那条大河里，于是我们就去捉它们。等它们重又向下游跑时，我们也追下海去，在海里捉鳘鱼，捉鳕鱼，沿着海岸快快活活过日子，在海浪里翻筋斗，打滚，晚上舒舒服服睡在岩缝里，又暖又干燥。啊，孩子们，如果不是有那些可怕的人的话，那种日子也真是快乐啊。”

“人是什么？”汤姆问。可是不知道怎么一回事，他好像发问之前已经知道了。“两条腿的动物啊，水蜥。现在我再看看你，的确倒和你很相像，如果你没有一根尾巴的话。”它拿定主意汤姆一定要有根尾巴。“不过人比你大得多，真叫我们头痛啊。他们用钩子和钓线捉鱼，有时候缠住我们的腿。他们沿着石头放些罐子捉龙虾。我亲爱的丈夫上次出去给我找东西吃时，就被他们一枪戳死了。那时候我躲在岩缝里，一家都没有得吃的，因为海里风浪很大，鱼都不靠岸。他们一枪把它戳死了，可怜的人儿，我还看见他们把它缚在一根杆子上带走了。唉，孩子们。它送命全是为的你们，真是个可怜的听话的人儿啊。”

老獭说到这里，变得感情非常冲动（水獭碰到高兴时，可以情感非常冲动，就像许多残酷而贪婪的人一样，而且这样情感冲动对别人一点没有好处），就庄重地向下游游去，汤姆暂时也就不再看见它了。它走了总算是它的运气，因为走后不久，沿河边就来了七只粗暴的小猎狗，一面嗅，一面吠，爬地，打水，大声叫唤着追寻水獭。汤姆躲在睡莲中间，直到这些狗走了才出来。他决没有料到这些是水仙变相来救他。【阅读能力点：与上文中水仙不能出面，只能暗中帮助他相呼应。】

可是刚才老水獭讲起的大河和辽阔的海却使汤姆老是想起。他一想起这些，就渴望跑去看，自己也说不出什么缘故。越想到江河和大海，他就越加对自己住的这条狭窄的小河和他这些同伴不满意。他要到广阔的世界去，去欣赏那边敢说是蔚为大观（蔚：茂盛；大观：盛大的景象。发展成为盛大壮观的景象。形容事物美好繁多，给人一种盛大的印象。）的形形色色景象。【阅读能力点：汤姆对未知世界的渴望，是人之常情，符合剧情的发展。】

有一次，他起身向下河游去。可是水很浅。碰到有水滩的地方，他在水里都藏不了身，因为水太少了。太阳烤他的脊背，烤得人非常难受。他只好又回来，在水塘里静静躺了一个多星期。

后来，在一个大热天的傍晚，他看到一件奇事。

那一天他整天都在发呆，那些鳟鱼也在发呆。水面上飞着成千成百的苍蝇，可是那些鳟鱼全不去捉，连动都懒得动，都在水底有石头荫庇的地方打盹。汤姆也躺着打盹。水又热又不舒服，汤姆很喜欢抚摸那些鳟鱼的清凉身体。【阅读能力点：所有东西都无精打采的，它们的异常预示了将要有不同寻常的事情发生。】

可是快到傍晚时候，天忽然暗了下来。汤姆抬头一看，望见头上一大片乌云正盖在山谷上面，左右的山峰都被笼罩着。他并不感觉害怕，可是静悄悄地不做声。四周的万物也都静悄悄地，没有一丝风，鸟也不叫一声。接着落了几个大雨点，就洒落在水里。一个雨点刚好打在汤姆鼻子上，吓得他赶快把头钻进水里。接着雷声怒吼起来，打着闪电，电光跳过凡谷，又跳回来，从这朵云跳到那朵云，从这座山峰跳到那座山峰，连水里的石头都好像震动似的。【写作借鉴点：拟人修辞手法的运用，形象地表现了雷声之大，来势之猛。】汤姆在水里仰起头看，觉得这是他有生以来所看到的最大的奇景。

可是他不敢把头伸出水面，因为雨倾盆而下（雨大得像盆里的水直往下倒。形容雨大势急。）；还有冰雹，就像枪弹一样，打进水里，在水面激起许多浪花。不一会，水流就升起来，向下涌去。

水愈来愈高，而且愈来愈脏，有树枝、稻草、甲虫、腐坏的蛋、木虱、水蛭、零零星星的东西，形形色色，这个那个，什么都有，足可以装满九个博物院。

汤姆在流水里简直立足不定，就躲进一块石头后面。可是那些鳟鱼并不躲避，反而从石头中间穿了出来，开始吞吃那些甲壳虫和水蛭，你争我夺，非常贪婪的样子。许多鳟鱼的嘴上都挂着虫子，游来游去，相互间把这些虫扯扯撞撞，想要把虫子从别人嘴里夺去。【阅读能力点：在这混乱的场面中，总会有一些投机取巧、趁机获利的人。】

这时候，汤姆靠着一闪的电光看见了一种新的景象。水底到处都是大鳗，一面翻身，一面屈曲，全向下游游去。这些鳗多少星期来都躲在岩石缝和泥沟里；汤姆除掉夜间偶然看见外，平时简直看不到它们。现在它们全都跑了出来，而且那样急急忙忙从他面前擦过去，形状又凶又野，把汤姆都吓呆了。当它们急急走过汤姆面前时，他还能够听见它们相互在说话，“我们一定要赶，一定要赶。多妙的雷雨啊！下海去，下海去！”

随后老獭也带着全体儿女来了，一面扭动一面冲，跟那些鳗一样快。它走过时，看见汤姆，就说：“水蜥，你如果要见识世界，现在是时候了，孩子们，来吧，不要管那些讨厌的鳗。我们明天就要有鲑鱼当早饭了，下海去，下海去！”

后来又来了一个大闪电，比所有的闪电都亮。在电光里，汤姆望见了三个美丽的小姑娘，相互用手臂兜着对方的脖颈，顺着洪流下去，一面唱：“下海去呀，下海去呀！”在千分之一秒的时间内，就看不见。可是汤姆瞧见了，而且肯定自己瞧见了。

“喂，站着，等我一下！”汤姆喊。可是那些美丽的小姑娘已经去远了。汤姆还能够在雷声和风雨的怒吼中听见她们清脆的喉咙唱着："下海去呀！"直到听不见为止。

"下海去吗？"汤姆说，"大家都到海里去，我也要去。再会吧，鳟鱼。"【阅读能力点：汤姆看到别人的行动，心动了，于是他付诸于行动，也动身下海去了。】那些鳟鱼全忙着吞吃小虫，连转身答话都不答一声。所以省掉汤姆和它们告别的痛苦。当时，汤姆凭着风雨中的电光指路，顺着奔腾的洪流向下游去。他经过些边上长了桦木的高石头。在一刹那的电光中，石头给照耀得就如同白昼一样，随即又变得和夜晚一样漆黑。又走过些湍急的河岸和岸下的洞穴，洞穴中有些大鳟鱼向汤姆冲来，把汤姆认做美食，可是那些仙女把这些鳟鱼大骂一顿，骂它们居然敢惹一个水孩子，于是那些鳟鱼只好闷着一肚子气回去了。【阅读能力点：再次暗示仙女们在暗中保护着汤姆。】再向前去，就经过些狭窄的山峡和怒吼的飞泉，那些澎湃的激流一时把汤姆的耳朵都震聋了，眼睛也模糊得看不见。路上还经过些深潭，潭里开着白莲花，在风雨和冰雹中高低摇摆。还经过些沉睡的村庄，和些黑黑的桥洞。汤姆就这样向着大海游去，游去，自己要停都停不了，而且也不打算停下来。他要看看下游的广大世界、鲑鱼、海浪、和那汪洋大海。【阅读能力点：汤姆对大海的向往，已经超过了对周围所有一切的好奇。】

等到天亮，汤姆发现自己已经进入那条鲑鱼河了。

不久他就到了一处，河面宽了出去，形成一片平静的浅水。汤姆从水里出来张望时，简直望不见岸。

汤姆到了这里，只好停下，心里有点害怕起来。"这一定就是海了，"他想，"这片水多么广阔啊！我如果游下去，准会迷失了路，或者被什么怪物咬上。让我待在这里，找找水獭，或者鳗，或者其他的东西，问它们怎样走法。"

这样他就游回去一点路，爬进一条石缝，就在河流开始宽出来的地方，等待一个人来问路。可是水獭和鳗老早下去老远了。

汤姆由于一夜奔波，人已经十分疲倦，在石缝里等着等着就睡觉了。当他醒来时，那片河水已经变得十分澄清，美得就像琥珀的颜色，不过水位还是很高。过了一会，河里来了一样东西，汤姆一看惊得几乎跳起来。他一眼就看出，这就是他要来看的东西啊！

好大的鱼！比最大的鳟鱼还要大十倍，比汤姆要大上一百倍。那鱼逆流而上（逆：倒。逆水前进。比喻迎着困难而上。），经过汤姆的面前，就跟汤姆顺流而下一样的顺利。

好大的鱼！从头到尾都像白银一般，只是偶然有一处红斑。一只大钩鼻子，弯曲的嘴唇，一双又大又明亮的眼睛，就像一个国王那样顾盼自得（顾盼：左顾右盼；自得：自己很得意。环顾四周，觉得自己很了不起。形容得意忘形。），好像这两侧的水全是它的领土似的。这准是那个水中之王的鲑鱼。

汤姆吓得非常厉害，真想躲进洞去。其实他大可不必害怕。因为鲑鱼从不伤害哪一个，或者和哪一个吵嘴。它们只顾自家的事情。

鲑鱼迎面望了汤姆一下，接着就向前游去。尾巴刷刷两下，使河水又飞溅起来。几分钟后，又来了一条，接着又来了四五条之多，全都游过汤姆的面前，用它们的银尾巴用力击着飞流，逆流而上。它们的身体时而跃出水面，从岩石上跳过去，在太阳光里，有这么一刹那照耀得美丽非凡。汤姆这边看得开心极顶，他简直可以整天看下去。

后来又来了一条，比其余的都大。它游得非常慢，有时停下来，向后面望望，样子非常焦急而且匆忙。汤姆看出它是在帮助另一条鲑鱼。那是一条特别美丽的鲑鱼，身上一个斑点都没有，从头到尾都是纯银颜色。

“亲爱的，”大鲑鱼跟它的同伴说，“你样子的确疲倦了，你开头决不能用力过度。在这块石头后面休息吧。”说完，就用鼻子轻轻吻着它，向汤姆坐的岩石这边游来。

你得知道，这就是鲑鱼的妻子啊。鲑鱼，也像其他十足的正派人士一样，总是自己选择妻子，而且爱自己的妻子，忠实于她，为她做事，为她作战，跟任何正派人士一样。它们不像那些庸俗的鲤鱼、梭鱼之流，既没有高贵的感情，也不关心它们的妻子。接着鲑鱼瞧见了汤姆。它有这么一会儿，恶狠狠地望着汤姆，好像要咬他似的。

“你在这儿干吗？”它气汹汹地说。

“呀，你不要伤害我！”汤姆叫，“我不过想看看你。你是这样美呀。”

“哦？”鲑鱼说，很神气但是很有礼貌。“真是对不起。我看出你是怎么一回事了，小乖乖。我从前也碰见过你们里面一两位，都很惹人疼爱，而且很规矩。真的，有一位我最近还受了他一件大恩，希望能够报答他呢。我希望我们在这儿不碍你的事，等这位太太养息好了，我们立刻就上路。”

它真是个有教养的老鲑鱼啊！

“原来你从前看见过我的同类吗？”汤姆问它。

“看见过好几次呢，乖乖。还有昨天晚上，河口来了一个水孩子，警告我和我的妻子，说河里从去年冬天起，不知怎样被人放了些新网。因此他就带我们绕了过去。这种盛情真是可感。”

“原来海里面也有水孩子，”汤姆说，两只小手拍起来，“那么我在海里不是有人玩了吗？多妙啊！”【阅读能力点：汤姆的内心是孤独的，他也希望有和自己一样的人做朋友。】

“上游难道没有水孩子吗？”雌鲑鱼问。

“没有；所以我过得非常寂寞。昨天夜里我好像望见了三个，可是她们一眨眼就望不见，下海去了。因此我也要下海去。我除掉蜉蝣、蜻蜓和鳟鱼之外，简直没有人在一起玩。”

“哼！”雌鲑鱼说，“都是些下流东西！”

“亲爱的，他虽然跟下流东西在一起，可的确没有沾染到它们的下流习气。”雄鲑鱼说。

“的确没有，可怜的孩子。那些蜉蝣的确是六条腿，讨厌的东西。蜻蜓也讨厌，连吃起来都没有味道。我吃过一次，又硬，里面又没有东西。至于那些鳟鱼，大家全领教过了。这孩子弄得要跟它们混在一起，真是太可怜了。”这样一说，它就噘起嘴来，露出非常鄙视的神气。它丈夫也跟着噘起嘴来。

“为什么你们这样不喜欢鳟鱼呢？”汤姆问。

“乖乖，我们能够避免提到它们时，总是避免提到它们。可恨的是，它们也是我们的亲戚，但是只能丢我们的脸。若干年前，它们也跟我们一模一样的。可是它们非常懒惰、怕死、而且贪吃。它们不愿意年年到海里去，见识世界，充实自己，开阔自己的胸襟；它们宁可住在浅水里钻来钻去，吃些虫子。这样它们就变得又脏又黄，浑身斑点，身材矮小；真是活该如此。不但如此，它们甚至于不管什么都吃，连我们的孩子都吃起来了。”【阅读能力点：鳟鱼懒惰、怕死、贪嘴，而且不愿意学习、充实自己，导致了现今的窘迫生活，给汤姆以警示，提醒他不要像鳟鱼一样。】

“后来它们又想和我们攀世交，”雌鲑鱼说，“的确，有一个竟然向我们一个雌鲑鱼求起婚来，真是不要脸的东西。的确有这么一回事。”

“我希望我们族里的女子，”雄鲑鱼说，“不要有一个理睬这种东西。我如果看见有这种事情，我就当场把双方都杀死，我认为这是我的责任。”老鲑鱼这话的口气就像一个心肠窄小而且顽固的西班牙老贵族一样，总认为对方太卑鄙了，自己决计容忍不了。

【学习要点】

汤姆变成了水陆两栖的水孩子，他逐渐适应了那里的生活，而且交了一些朋友，而且学到了一些东西，也吸取了一些教训，然后他不满足于现在的生活了，他渴望更广阔的世界，于是他迫切地想游到大海里。一个偶然的机会，他的愿望实现了。

【读品悟】

汤姆开始了自己作为水孩子生活的第一站，在那里，他必须自己学会分辨善恶对错，还因为自己的不礼貌受到了应有的惩罚。他有了朋友，而且能够和朋友很好地相处，并互相帮助。他懂得了不只要看到别人的缺点，更要发现别人的优点。他还有了自己的欲望，渴望看到更广阔的的世界。

【思考探究】

1. 汤姆是如何改掉捕捉和虐待动物取乐的坏毛病的?
2. 汤姆看到自己的同类了没有?

第四章

名师导读

水孩子踏上了找寻之路，去找寻自己的同类，途中又遇到了原来生活世界的人，他有什么反应呢？

汤姆关照鲑鱼当心那个恶毒的老獭，鲑鱼就向上游游去了。汤姆也向下游游来，不过游得很慢，很小心，大都沿着岸上游。他游了好多天，因为离大海有好多英里的路程。虽然他看不见仙人美丽的脸，也感觉不到她们温柔的手，那些仙人却在暗中给他引路。要不是这样，他也许永远游不到呢。【阅读能力点：仙人们的指引和帮助随时、随地都在，给读者以启示：生活中处处有温情。】

汤姆在路上碰到一件奇事。那是九月里一个美妙的夜晚，月光照得水里通明，汤姆尽管紧紧闭上眼睛，但是仍然睡不着。最后只好跑到水面上，坐在一小块石头上，望着那个大淡黄月亮，盘算着月亮是什么东西，同时觉得月亮也在望着他。这时河上微波荡漾，从枞树上望去一片漆黑，草地上像铺上一层银霜。猫头鹰呜呜地叫，鹬鸟嘶鸣，狐狸叫唤，水獭在笑。桦木发出清香，还有远处沼地里传来一阵阵石楠的甜香。汤姆一面赏月，一面赏玩眼前这些景色，非常开心，可是说不出所以然来。如果叫你在九月里这样一个夜间，身上一丝不挂（佛教语，比喻人没有一丝牵挂。后指人赤身裸体。）而且湿淋淋地坐在那里，你一定觉得很冷。可是汤姆是个水孩子，所以跟鱼一样，一点不觉得冷。

忽然间，他看见一个美丽的景象。是一团明亮的红光沿着河边动着，在水里映出一片灿烂的火焰来。【阅读能力点：突然出现的奇景引起了读者的兴趣，吸引我们读下去。】汤姆本来是好奇的小捣蛋鬼，当然非去看看是什么不可。他向岸边游去，那光恰巧在一块矮石沿上停下来，石头下面的河水很浅。就在火光下面，有五六条鲑鱼停着，张着大眼睛望着火焰，还摆动着尾巴，好像非常喜欢似的。

汤姆浮到水面上，好就近看一下这种奇景，但即刻就钻进水里去。

他耳朵里听见一个声音说："那是一个美人呢。"

汤姆不懂得这话是什么意思，可是声音听来很熟悉，而且好像还知道说话的是谁。【阅读能力点：汤姆再次接触到原来生活的世界，又会有怎样的感受呢？】他望见岸上是三个两条腿的东西，里面一个拿着火，烧得哔哔剥剥的，另一个拿着长竿子。汤姆知道他们是人，心里非常害怕，就爬进一个石洞里去，从洞口可以望得见外面的事情。

那个拿火把的人弯腰望着水，向水里仔仔细细瞧了一会儿，然后说："捉那个大家伙，小伙子。它总有十五磅以上。手稳一点。"

汤姆觉得要有祸事来了。那些愚蠢的鲑鱼像着了魔似的，老是张着眼睛望那火光，汤姆真想警告它们一下。可是汤姆还来不及拿定主意，那根长竿子就穿进水里去。水里起了一阵可怕的激荡声和挣扎声。汤姆望时，那条可怜的鲑鱼已经给戳穿身体，被人提出水面了。

接着后面就另有三人向这三个人扑来；随着是叫喊声和打斗

声，还有许多辱骂的话。那些话汤姆觉得从前也好像听见过。现在他觉得这些话听来又陌生，又丑恶，又不大对劲，听了非常刺耳，而且非常厌恶。【写作借鉴点：从侧面反映了汤姆的改变，他已经对原来那些没有礼貌的习惯反感了。】过去的事情现在全想起来了。这些都是人，他们正在打架，就像汤姆过去看见无数次的一样，你打来，我打去，打得又野蛮，又不要命。

汤姆把两只耳朵塞起，真想游开去。他很庆幸自己是个水孩子；这些下流的人们，身上穿着肮脏的衣服，嘴里讲些肮脏的话，他总算跟他们没有什么相干了。【阅读能力点：再次突出了汤姆的改变。】可是他不敢跑出洞去，因为那些管园子的和偷盗的人正在上头厮拼，把石头踏得震震的。忽然间，水里哗啦一声，声音可怕之极，接着咝的一声，后来一切都静了下来。原来里面一个人掉到水里了，就在汤姆附近，就是那个拿火把的人。河水很急，那人在河流里沉了下去，身子翻了又翻。汤姆听见上面的人沿岸跑去，好像在寻找他，可是那人漂到河底一个深洞里，一动不动在那里躺着，所以那些人找他不到。汤姆等了很久的时间，直到一切都静了下来。后来他从洞口向外面窥看，望见那人就躺在那里。他终于鼓起勇气，泅到那人跟前。他想，“也许河水使他睡觉了，就像我从前碰见的那样。”

他又泅近一点，他心里愈来愈感觉好奇，自己也不懂什么道理。他一定要过去看看那个人。当然动作要轻，不要惊醒他，所以汤姆就绕着那人游来游去。愈游愈近；看见那人并不动弹，就靠近去看看那人的脸。

月光照得非常亮，所以汤姆把那人的脸看得很清楚。当他望着时，他一点一滴地想起来了。这人就是他当初的那个师傅葛林。

汤姆转身就溜，游得飞快。

“天呐！”他想，“现在他也要变做水孩子了。这多讨厌，多麻烦啊，他这个人！他可能找到我，又打起我来。”【阅读能力点：表明汤姆再也不愿意过回原来生活的决心。】

这样一想，汤姆就重新向上流游了一段路，在一棵赤杨树的树根下面过了夜，可是等到早上，他又想起到下面水潭那儿，看看葛林先生有没有变做水孩子。他一路上非常小心，时常躲在那些石头后面张望，或者把身子藏在树根下面。

葛林先生仍旧躺在那里，他并没有变做水孩子。下午汤姆又跑去了，他要弄明白葛林先生的结局才放心。可是这一次葛林先生却不见了。汤姆肯定他一定变做水孩子走了。可怜的小东西，他很可以放心了。葛林先生并没有变做水孩子，也没有变做任何东西。可是汤姆一直不放心，所以很久都担心会在一处深潭里迎头撞见葛林。他决没有料到那些仙人已经把葛林带走了。凡是掉在水里的东西仙人都有个地方安插，葛林先生也恰恰就放在这种地方。不过，你可知道，葛林先生碰上这件事情，对他倒有好处，因为他再不会偷人家的鲑鱼了。的确，一个人成为彻头彻尾的窃贼的时候，唯一救他的办法就是把他在水里浸上二十四小时，就像对待葛林这样，所以，等你长大成人之后，你的所作所为务必要像所有的诚实人一样，不要去偷人家河里的鱼或者庄园里的野味，连碰也不要去碰它。那样的话，人家就会说你是正派人，也会以正派人对待你。也许还会招待你游玩一番，决不会把你打落在河里，或者称你是偷东西的坏蛋。【阅读能力点：给小读者以启示：做坏事一定会得到惩罚的。】

汤姆害怕靠近葛林，所以就向下河游去。他这一次走去，只见山谷中都显出凄凉的景象来。红叶和黄叶纷纷落在河里，苍蝇和甲虫全都死光。秋天的寒雾低低笼罩着山顶，有时候甚至降落到河面上来，密密层层使汤姆望不见方向。但是汤姆虽然望不见，却能顺着河流的方向摸索前进。他一天天就这样过去，经过许多大桥，许多船舶，又经过那座大城市，和城外的码头、磨坊以及冒烟的烟囱和在河中下锚的船只。有时候汤姆撞在这些船的锚缆上，弄不清是什么，就伸出头来张望。等到他望见船上有些水手在游荡着，抽着烟头，就赶忙又钻进水里去，深怕被人捉到，把他重又变做一个扫烟囱的。汤姆并不知道他身边一直有仙人守护着，遮着那些水手的眼睛，不让他们瞧见他。仙人而且把他从水车沟、阴沟出口和一切肮脏而危险的东西前面引开。可怜的小家伙，在他这真是一次闷气的旅行啊。他不止一次想起要回凡谷去，和那些鳟鱼在夏天明朗的日光中玩耍。可是这是不可能的。过去的事情不会再来。人一生中只能作一次水孩子，也只能作一次水孩子。【阅读能力点：过去的一切都已经过去，我们只能向前看。】

可是汤姆是一个勇敢坚毅的孩子，他从来不知道失败。他坚持着前进，终于有一天远远从雾中望见水上一个红色的浮标。他随即发现水流转过头来，向陆地的方向流去，这使他诧异之极。

这当然是潮水引起的，可是汤姆就不知道什么是潮水。他只知道在一分钟内，他周围原来的淡水忽然变咸了。接着他觉得自己起了变化，变得强壮、轻快、神清气爽（①形容人神志清爽，心情舒畅。②形容人长得神态清明，气质爽朗。），好像脉管里流的全是香槟酒一样。他连纵带跳，连他自己也莫名其妙（说不出其中的奥妙。指事情很奇怪，说不出道理来。），一个筋斗就跃出水面有两三英尺高，那种派头就像鲑鱼第一次碰见名贵富饶的咸水时一样。

据有些哲人告诉我们，海里的咸水原是一切生物的母亲啊。

汤姆这时已经把阻挡他的潮水全然不放在心上。那个红浮标已经望得见了，就在大海里跳荡着。他要上浮标那里去，他立刻就去了。路上走过大群的鳘鱼，在那里蹦蹦跳跳地追逐小虾。汤姆不大理会它们，那些鱼也不理会他。有一次他撞见一头乌黑发亮的海豹，正在追着那些鳘鱼吃。海豹把头和肩膀探出水面，瞪眼望着他，那样子非常像一个油头垢面的胖黑人。汤姆一点不害怕，反而说：“你好，先生。这海是多么美丽的地方啊！”那只老海豹也不打算咬他；它用温和而带瞌睡的眼睛，一眨一眨地望着汤姆，说：“你好，小朋友。你是寻找你的哥哥姐姐吗？他们全在外面玩耍，我刚才经过他们面前的。”

“哦，那么我总算找到游伴了！”汤姆说。他游到浮标跟前，爬了上去（他这时已经上气不接下气了），坐在上面，四面寻找别的水孩子。可是一个水孩子也看不见。【阅读能力点：他的努力寻找总算有了一些进展，但还是一波三折。】

清新的海风随着潮水吹来，把浓雾吹散。微波围着老浮标跳舞，老浮标也随着波浪跳舞。一块块云影在明蓝的海湾上奔驰着，然而这一个从来不追上那一个。海浪欢腾地向着广阔的滩地涌去，跳过石头，想看看石头后面青绿的田野是什么样子。可是它跌了一跤，把自己跌得粉碎，但是一点不以为然，自己收拾残余，重新又跳起来。【写作借鉴点：采用拟人描写，写出了了海风的俏皮、云影的活泼、海浪的可爱。】黑头白身的燕鸥在汤姆头上盘旋，望去就像许多大蜻蜓。还有海鸥的鸣声就像许多女孩子在嘻笑着。还有海鹊，红嘴红腿，沿海岸来回飞翔，鸣声又奔放又悦耳。汤姆看了又看，听了又听。这时他只要能看得见水孩子，他就会十分快乐了。后来潮水退去，他下了浮标，在周围游来游去，寻找有没有水孩子，可是丝毫没有找到。有时候他认为自己听到了他们的笑声，可是那只是波浪的笑声。有时候他当作自己看见他们在水底下，却原来是些白贝壳和淡红的贝壳。有一次，他断定自己找到一个，因为他看见沙里有两只眼睛向外窥望。他立刻钻进水里，用手把沙扒开，一面喊："不要躲起来；我急于想找一个人一起玩呢！"忽然一条大比目鱼跳了出来，眼睛多难看，嘴也是歪的，沿着水底扑通扑通跑了，还把汤姆绊了一跤。汤姆在海底坐下，失望之极，流了许多咸眼泪。

可怜，跑了这么远的路，遇到这么多的苦难，仍旧找不到一个水孩子！多苦啊！苦的确是苦，可是人要达到自己的愿望，一定要等待，而且一定要努力一番，小孩子也一样。这个道理，小朋友，有一天你会懂得。【写作借鉴点：通俗的语言，写出了人生的真谛，给小读者以启示。】

汤姆就这样在浮标上坐了许多天，许多星期，望着海，盘算着那些水孩子到底几时回来。可是那些水孩子永远不回来。

海里有各式各样奇怪的东西，所以汤姆就向他们打听，问它们可见过水孩子。有些说见过，有些说一个也没见过。

后来来了一大群紫色的海螺，每一只海螺背上都骑着一块满是泡沫的海绵浮来。汤姆说："请问你们这些美丽的海螺从哪里来的？你们可曾见过水孩子吗？"那些海螺答道："我们从哪里来的自己也不知道；我们往哪里去，有哪个说得了？我们一生中在大海里漂浮着，头上晒的温暖的太阳，下面淌的温暖的海流，这在我们已经满足了。是啊，也许我们看见过水孩子。我们一路漂过来，看见过多少新奇的东西呢。"海螺说完又漂走了，一个个上了沙滩，他们真是些快乐的蠢物啊！后来又来了一条懒惰的大翻车鱼，就有半只肥猪那样大，而且的的确确就像身体切成一半，而且放在衣服夹板里夹扁了那样。可是它身体和鳍虽然一样大，一张嘴却长得很小，就像兔子嘴，比汤姆的嘴大不了多少。汤姆向他打听时，它回答的声音又细又尖。“我敢说我不知道，我迷失了路了。我本来打算上齐撒比克湾（在美国维基尼亚州。）去的，恐怕我已经有点弄错了。天呐，这都是随着那道舒服温暖的海流弄成这样的。我敢说我迷失了路了。”

等到汤姆再问它时，它只能回答：“我迷失路了。不要跟我讲话，我要开动脑筋呢。”可是跟其他许多人一样，它越打算开动脑筋，就越发开动不了。汤姆望见它整天都在东闯闯西撞撞，最后那些在海边守卫的人望见它的大鳍漂在水上，就划船出来，一根鱼叉戳进它身体，把它带走了。他们把它带到大城市里，人看一看要一个便士，一天功夫就赚了不少钱。不过汤姆当然不知道。

下面来了一大群海豚，一面游一面翻滚。爸爸、妈妈、孩子一大堆，全都油光刷亮，原来那些仙人天天早上都要给它们身上打蜡呢。它们游过时，都轻声地叹息，汤姆因此大胆上前问话。可是它们只回答：“嘘，嘘，嘘。”原来它们只学会说这一句话。

随后又来了一群晒太阳的鲨鱼，有些有一条船那样长，汤姆见了很害怕。可是这些鲨鱼都是懒虫，脾气很好，和白鲨鱼、青鲨鱼、地鲨鱼、吃人的锤头鲨全然不同；和那些锯鲛、长尾鲨、冰鲨也不同。它们过来，拿自己两肋去挨擦那浮标，把背鳍露出水面晒太阳。它们向汤姆眨着眼睛，可是汤姆没法子逗它们说话，原来它们吃的鲱鱼太多了，变得非常痴呆。后来一只装煤炭的二桅帆船驶来，把鲨鱼全吓跑了，这使汤姆很开心，因为这些鲨鱼非常腥臭，它们在这里时，汤姆一直紧紧掩着鼻子。

后来又来了一个美丽的东西，形状就像一根纯银的丝带，尖头长牙，可是神气好像十分憔悴。它有时侧着身滚动，一点力气都没有；随即又像火光一闪窜出老远，接着又像病得没有气力的样子躺着不动。

“你从哪里来的？”汤姆问，“为什么你这样没精打采（形容精神不振，提不起劲头。）的？”

“我是从温暖的南卡罗来纳州（在美国南部。）来的，那边沿沙滩全长的松树。潮水来时，那些大鸥　在潮水上纵跳得就同大蝙蝠一样。可是我老是向北方游荡，不知不觉受了温暖海流的骗，终于碰上浮在大洋中心的寒冷冰山。我在冰山中间迷失了路，而且被冰山的寒气冻僵了。可是那些水孩子把我从冰山中间救了出来。现在我一天天好起来了，不过精神力气还是没有。我恐怕再也回不了家了。”

“哦！”汤姆叫出来，“你见过水孩子吗？你在这儿附近可见过没有？”【阅读能力点：从对方的话中，汤姆看到了希望，不禁激动起来了。】

“见过。昨天晚上他们还救了我，不然的话，我就会被一条大黑海豚吃掉了。”

多恼人啊！水孩子就在他的附近，然而他一个都找不到。

汤姆随后就离开浮标，时常沿沙滩，或者在礁石的四周寻找。有时候他就坐在一块石尖上，周围是发亮的海枣和十月的低潮水，哭哭啼啼叫唤着水孩子，可是永远没有人回答他。他这样啼哭烦恼，人就一天天憔悴起来。

可是有一天，他在礁石中间找到一个伴侣。可惜不是个水孩子，而是一只龙虾，然而是只很出色的龙虾，两只螯上都沾着活的螺蛳。这在虾族中是个大大受人重视的事，就跟一颗好良心一样，不是金钱买得到的。

汤姆从来没有见过龙虾，所以看见这只龙虾觉得非常好玩，认为是他有生以来见到的最古怪最可笑的动物。在这一点上，汤姆的看法也还差不离。像龙虾这样古怪，这样可笑的东西，你就是把世界上所有的科学家、所有富于丰富幻想的人的智慧全融合在一起，也还是创造不了呢。这龙虾的一只螯长满了瘤节，另一只螯上满是锯齿。汤姆最喜欢看它吃食的派头；它用长瘤节的螯夹着海藻，用锯齿的螯把海藻切开，就像猴子一般，先拿来闻闻，然后放进嘴里。每次它这样做时，螯上的螺蛳都要张开自己的渔网在水里捞一下，这样不论捞到些什么，螺蛳的午饭也到嘴了。可是最使汤姆诧异的，是看它把自己身子射出去，卜的一声，向后一跳。它这种轻身功夫的确了不起，因为，如果它要跳进十码外一条狭石缝里，你想它该怎么办呢？如果头先进去，肯定它转不过身来，所以它总是把尾巴朝着石缝，把两根长触须放平，身子伸直对准方向，两只眼睛扭起来向后看，扭得几乎从眼窝里突出来，然后是预备，起跳，卜，身子就离地而起进入石缝，两只眼睛从石缝里向外窥望着，一面捻着胡须，那意思好像说："你决计做不到。"【写作借鉴点：细节描写突出了龙虾的轻功很厉害。】

汤姆向它打听水孩子的事。它说："见到过的。"它时常见到他们，不过不大把他们放在眼里。他们都是些爱管闲事的小东西，常常去帮助那些受困的鱼和贝壳。拿它来说，这些身上连个壳都没有的小软体动物，要他们来帮助自己，真是羞死人了。它在世界上活的年头也不少了，总还照顾得了自己。

这个老龙虾很是自命不凡（自命：自认为；凡：平凡。自以为不平凡，比别人高明。），对汤姆也不太礼貌。下面还要说到一桩令它十分懊悔的失败的事，这是所有自高自大的人一般的下场。不过在目前，因为它样子很可笑，而汤姆又寂寞，所以汤姆也不便跟它吵架。因此他们时常坐在石穴里，聊上大半天。就在这时候，汤姆遇到一件祸事。事情非常古怪，而且和汤姆的关系非常大。可以说这祸事几乎使他永远不能和水孩子见面。我敢说，如果这样的话，你也会难受的。【阅读能力点：事情出现了转折，汤姆还会见到水孩子吗？】

我想你到目前为止，大概还没有忘记那位穿白衣服的小姑娘。这也不去管它，总之她这时来了，就像她平时一样，和她往后一样，穿得又白又干净，真是个可爱的小姑娘。那时已是十二月天气，白天很短，一连好多天都刮着西南风，一直要到圣诞节的时候，老天才会在大地上铺上大白桌布，让小弟弟小妹妹们拿面包请鸟雀吃晚餐。目前，在这十二月的舒服日子里，约翰爵爷，成天都忙着打猎，家里人连跟他讲一句话的机会都没有。他一个星期要有四天打猎，玩得十分开心。另外两天他上法庭去当法官，开慈善救济会。回到家里，五点钟就吃晚饭。吃完晚饭就去睡觉。

约翰爵爷就是这样每天打猎，每天五点钟吃晚饭，吃完晚饭就去睡觉。他打鼾打得非常响，连哈特荷佛府的窗子都震得摇摇的，烟囱里的煤灰都震得落下来。那位爵爷太太整天跟他谈不上一句话，就像死夜莺唱不出歌曲一样。她决定出门一趟，任凭约翰爵爷去，所以带着全部儿女上海边去了。

不过她上哪儿去可不能给人知道，怕的是万一说出来，年轻的姑娘们都会想象那地方有水孩子，这样她们就会千方百计（想尽或用尽一切办法。）去找，把水孩子养在水族馆里，就像古时候那些庞贝城的贵妇人把爱神养在笼子里一样。可是那些贵妇人从没有听说把爱神饿死或者糟踏死过，而我们英国的小姑娘却时常把海里的水族饿死或者糟蹋死。因此爵爷太太去的海边还是不要给人知道的好。把水孩子糟踏死就跟捣碎禽鸟的蛋一样是不好的行为，原因是世界上这两种东西虽然有千千万万，可是并不嫌多啊。

有一天那位小姑娘爱丽正在海边散步，和她走在一起的还有一位老教授，就在汤姆和他的朋友龙虾坐的礁石上面走着。这位老教授是个伟大的博物学家，可也是个仁慈忠厚的老先生，非常喜欢儿童，而且只要人家对他没有什么过不去，他跟人家很好。他只有一个毛病，这也是雄知更雀的一个毛病。你从你的卧室窗口就可以望见，雄知更雀只要看见人家寻着一只稀奇的虫儿，就会围着人家跳跃，啄人家，竖起尾巴，耸起羽毛，硬说自己是第一个找到这虫儿的，说这是它的虫儿。【阅读能力点：用雄知更雀形容老教授的毛病，读者更容易理解，在这里有幽默诙谐的意味。】

这位老教授是在某一处地方碰到约翰爵爷的。他和约翰爵爷成为朋友，而且很喜欢他的孩子。真的，约翰爵爷根本就不懂得海鸟之类的事情，只要鱼贩子能够打到好鱼送给他吃，他也不想知道。爵爷太太更是不懂得，可是她觉得孩子们应该知道一点。当时，小爱丽和老教授在礁石上散步，老教授就指给她看海边的各种各样美丽的东西，其实也不过是海边能见到的千万分之一罢了。可是小爱丽对这些东西都不中意。她要和活的孩子玩，甚至于宁愿和她的玩偶玩，至少她可以假装玩偶是活的。终于她说了老实话来：“这些东西我都不喜欢，因为它们不能同我一起玩，或者跟我谈话。如果现在水里有水孩子的话，就像古时候那样，而且我能够看得见，那我就喜欢了。”

“水里有水孩子？你真是个古怪的小丫头。”老教授说。

“水里有的，”爱丽说，“我知道从前水里就有孩子，还有美人鱼，还有男人鱼。我在家里的画上面见到过一个美丽的女子坐在海豚驾的车子里，许多孩子环绕着她飞，膝上还坐着一个。美人鱼在水里游着，嬉戏着，男人站在贝壳上吹号角，这张画叫做什么《嘉于蒂亚的胜利》（古希腊神话，嘉于蒂亚和阿昔斯相爱。阿昔斯被巨人用石头砸死，嘉于蒂亚投海化为美人鱼。十七世纪画家卡罗·马里蒂有一张名画，就是画的这个故事。），背景还画了一座火山。这画就挂在大楼梯上面的墙上，我做小孩时时常看它，而且幻想了无数次。这画太美了，因此画上的事情准是真事。”

可是老教授一点儿也不同意。他认为世界上只有人类是理性的动物，除此以外，什么天使、仙人、魔鬼、美人鱼，全是胡说八道。

不过爱丽想必是个笨孩子，所以老教授的话不但不能使她信服，反而重又向他提出同样的问题。

“可是为什么世界上没有水孩子呢？”

我敢说，老教授这时候脚底刚好踩上一片尖壳，把他脚上的老茧戳得生痛，所以他的话回答得非常生硬，说：“就因为没有。”【阅读能力点：有点类似于父母回答孩子的各种千奇百怪的问题时的态度。】

他把渔网放在海藻里用力乱捞一阵，真是无巧不巧，可怜的小汤姆竟然被他捞着了。老教授觉得网子很沉重，赶快举了起来，汤姆就裹在网里。

“天啊！”老教授叫出来，“好大的红海参啊，还有手呢！一定跟肉参有亲属关系。”

他把汤姆取了出来。

“真还有眼睛呢！”他叫，“怎么，一定是个乌贼属！真是稀罕之致！”

“不，我不是乌贼！”汤姆鼓足喉咙叫。他原来不愿意人家给他起坏名字。

“是个水孩子呀！”爱丽叫。这话当然是对的。

“水孩子个屁，乖乖！”老教授说，猛然转过身去。

他无法否认这是一个水孩子，但是他刚才说过没有，所以怎么下台呢？【阅读能力点：老教授的自尊使得他无法承认自己错了，只有将自己的错误坚持下去。】

当然，他很想把汤姆放在一只木桶里带回去。他不会用酒精把他浸起来，这当然不会。他会把汤姆养着，抚弄着玩（因为他是个好心肠的老人），而且写一本书叙述汤姆，而且给他起两个多长多长的名字。第一个名字是关于汤姆，第二个名字全是表明他自己，因为现在生物学家全逼得非用长名字不可。短名字全被他们用光了。他们要把一种东西分为九类，哪有那许多名字给他们用呢？不过他跟爱丽怎样交代得过呢，他不是刚告诉她，没有水孩子吗？

其实，如果老教授跟爱丽说：“对了，乖乖，是一个水孩子啊，而且真是新奇的东西呢。这显得我对自然界的神奇知道得太少了。尽管四十年辛辛苦苦地工作，还是知道太少。我刚才告诉你没有水孩子这样东西，可是你看，这里就来了一个，证明我多么愚妄啊。”我想，老教授如果这样说，小爱丽一定会比以前更加佩服他，更加敬重他，更加爱他。【阅读能力点：这也是在教读者怎样去面对自己的错误。】可是老教授不这样想。他迟疑了一下。他渴望留下汤姆，然而又恨不得自己没有捉到汤姆。终于，他巴不得能去掉汤姆。因此他转过身去，因为无可奈何，就用指头捣了汤姆一下，随口说，“亲爱的小姑娘，你一定是昨天晚上梦见水孩子了，所以脑子里装的全是水孩子。”

汤姆这时吓得非常厉害，简直无法形容，所以不管人叫他海参或者乌贼，都闷声不响。他的小脑子里面一直有一种固定的想法，认为自己只要被穿衣服的人捉着，就一定也要被人穿上衣服，把他又变做一个肮脏乌黑的扫烟囱小孩。可是当老教授捣他一下时，他实在忍受不住了。他弄得又害怕又生气，于是像一只老鼠逼得走投无路（投：投奔。无路可走，已到绝境。比喻处境极困难，找不到出路。）时那样，勇敢地反扑过来，一口把老教授的指头咬得血流了出来。

“啊呀呀！”老教授叫出来。这正是他求之不得（想找都找不到。原指急切企求，但不能得到。后多形容迫切希望得到。）的一个丢掉汤姆的借口，所以他就把汤姆扔在海藻里。汤姆纵身跳进水里，一下子就不见了。

“可是这是个水孩子呀，我听见他说话呢！”小爱丽叫，“唉，跑了！”她跳下礁石，想在汤姆溜到海里之前捉着他。

已经太迟了。更糟糕的是，她跳下礁石时脚下滑了一跤，跌下六英尺远，头撞上一块尖石头，就躺着一动不动。老教授想把她抱起来，想法子唤醒她，喊她，哭她，因为他是很爱她的，可是简直唤不醒她。老教授只好把她托在臂上，抱到她的保姆那里去，一同回去。小爱丽被人放在床上，睡着一动不动，有时候醒来一下，嘴里还喊着水孩子。可是没有人懂得她是什么意思。老教授懂得也不肯说，因为他不好意思说。

一个星期后，在一个月明之夜，那些仙人从窗子里飞进来，给爱丽带来一双翅膀。爱丽一见就忍不住把翅膀装上。她飞出窗子，飞过陆地，飞到白云上面。有很长一段时间，没有人知道她的一点消息或者踪迹。

【学习要点】

水孩子去寻找大海，寻找自己梦想的地方了。然而不久他接触到了原来生活世界的人，所以他躲起来了，后来被人打捞起来了，他感到害怕，拼力逃脱了。

【读品悟】

汤姆边游边欣赏一路的迷人景色，继续他的寻找之旅，接着他遇到了原来生活世界的人，他非常害怕，害怕回到原来的世界，重复原来那糟糕的生活，说明他从内心已经开始改变了。后来被人打捞上来，他极力抗拒着，不希望再次被原来的生活束缚，终于，他逃脱了，也意味着他真正脱离了原来那种浑浑噩噩的生活。

【思考探究】

1.汤姆遇到他的师傅葛林的时候，他的反应如何?
2.老教授将汤姆打捞上来，他承认世界上有水孩子了吗?

第五章

名师导读

汤姆终于找到其他的水孩子了，他能融入那些水孩子当中吗？那些孩子又是如何生活的呢？在此汤姆发生了怎样惊人的蜕变呢？

可是小汤姆怎样呢？上面说过，他从礁石上溜到水里去了。可是他禁不住想念我们的小爱丽。他已经记不起她是谁，但是虽然她大过自己一百倍，他却知道她是个小女孩子。这并不奇怪，大小和种类是没有关系的。一株小草也可以是一棵大树的嫡堂弟兄；大狗雄狮比我们的小狗威克大二十倍，可是威克却知道雄狮也是狗啊。汤姆就这样知道爱丽是个小女孩，并且整天都想念她，盼望能和她一起玩耍。可是不久他又得到别的上面去了。下面便是他的故事。这是事情发生后第二天早上在《水报》上发表的。《水报》是水里最好的一家报纸，尤其是报上的犯罪事件，关于这位罚恶仙人的事情，不久你就会读到的。【阅读能力点：引起下文，勾起读者的好奇心。】

那天，汤姆正沿着礁石游泳，水底下鳕鱼正在捉虾吃；隆头鱼啮食石上的螺蛳，连壳带肉吃下去。汤姆正看得津津有味，忽然看见一只绿枝条编的圆笼子，笼子里面坐着的不是别人，正是他的朋友龙虾。它满脸羞惭的样子在那里盘弄自己的触须，样子非常无聊。

“什么事，难道你顽皮，被人家关起来了吗？”汤姆问他。

龙虾对汤姆这样的看法有一点点生气，可是这精神非常颓丧，也懒得跟汤姆吵嘴。因此它只说："我跑不出来呀。"

"你为什么进去呢？"

"从上面哪个圆洞进来的。"

"就因为出不来啊。"龙虾把两只触须盘弄得更加厉害了，可是它不得不老老实实承认。

"我向上，向下，向后，向两旁边，跳了至少有四千遍，还是跳不出去。总是跳在这下面，找不着洞。"

汤姆把这个捕机望了一下。他本来比龙虾聪明，所以一眼就看出是怎么回事。就和你一样，一只龙虾笼的构造你一看也会明白的。

"你等一下，"汤姆说。"把你的尾巴竖起来朝着我，我来把你倒拖出去，那样你就不会戳在刺上了。"

可是龙虾又笨又蠢，连洞都找不到。它跟许多猎狐人一样，在自己的本乡时感觉始终都非常敏锐，可一离开本乡，立刻就摸不着头脑。这只龙虾也是如此，在它说来，是摸不着尾巴。【写作借鉴点：以物喻人，行文更自然，道理更浅显，便于读者更好地理解。】

汤姆身子从洞里伸下去凑它，总算捉着龙虾的尾巴。可是，不出我们所料，这个蠢笨的龙虾使劲一拖，连汤姆也载进笼子里面去了。

"你真是做的好事情，"汤姆说。"现在张开你的大螯，把这尖刺一个个钳掉，那样我们两个出去就很便当了。"

"天呐，我没想到这上面，我白有这一生的经验。"

你看，有经验还要有相当的智慧，才能利用经验，不管是人，是龙虾，都是一样。世界上有许许多多的人，把全世界都见识过来，然而终究还是和儿童差不了多少。【阅读能力点：深入浅出地讲明了一个道理：人有经验是不够的，还需要相当的智慧，才能利用经验，督促人要多动脑思考问题。】

可是两人把尖刺拔了还不到一半时，眼前就来了一片乌云罩在他们头上。他们抬头一看，唷，原来是那只老獭。

老獭看见汤姆，咧开嘴笑得非常厉害。“呀！”它说。“你这个多管闲事的小混蛋，我现在可捉到你了！你告诉鲑鱼我的行踪，现在可要给你一点厉害尝尝！”它将全身伏在笼子上面打算钻进来。

汤姆吓得非常厉害，等到老獭找到上面的洞，把身子从洞里挤进来，一双大眼睛，两排钢牙，汤姆吓的更加厉害了。可是老獭的头才钻进洞，这位勇敢的龙虾先生立刻钳着它的鼻子，紧紧夹着不放。

这样他们三个全在一个笼子里面，滚来滚去。笼子里地方非常挤，龙虾揪老獭，老獭也揪龙虾，两个都把汤姆挤过来，撞过去，撞过来，挤过去，把汤姆挤得撞得气都透不过来。最后，他总算爬上老獭的脊背，安然无恙（恙：病。原指人平安没有疾病。现泛指事物平安未遭损害。）从洞里跑出来。假如不是这样，下面真的是不堪设想（未来情况不能想象。指预料事情会发展到很坏的地步。）呢。

汤姆满心欢喜。可是他并不抛弃他救命的朋友，所以才一看见龙虾的尾巴竖着，就赶快捉着尾巴使劲拖它。【阅读能力点：汤姆出来了，他除了庆幸自己的幸运，还没有忘记自己的朋友，这说明他长大了，有了一定的担当。】

可是龙虾还不肯放。

“来呀，”汤姆说，“你难道看不出来她已经死了吗？”果然不错，老獭早已经淹死了。这只坏心肠的老獭的下场就是如此。

可是龙虾还是不肯放。

汤姆望见笼子被渔人提到船舷边，当作龙虾准是完结了。可是当龙虾先生看见渔人时，它猛地一挣，挣出了笼子，从渔人手中逃脱，安安全全到了海里。可是它把自己那只长了瘤节的螯丢了，原因是它这个笨脑袋从没有想到松手，所以只好把自己的螯甩掉。拿它说，倒是这样便当些。

汤姆问龙虾为什么始终没有想到松手。龙虾毅然地说，这在龙族中是一个原则问题，就是这样。

这底下就来了一件天大的喜事。汤姆和龙虾分手后没有五分钟，就撞见一个水孩子。【阅读能力点：汤姆终于遇到了自己的同类，大家也替他松了一口气。】

这是一个真正的活水孩子。她坐在白沙上，忙着弄一块小石子。当她看见汤姆时，她抬头望了一下，就喊道：“咦，你是个生面孔。你是个新孩子呀！多有趣！”于是她向汤姆跑来，汤姆也向她跑去，两人急急拥抱，亲吻，有大半天，两人都不知道为什么要这样。不过水底下是不需要什么介绍的。

终于汤姆说：“啊，你们这些时上哪里去了？我找你们找了好久好久，真是寂寞透顶。”

“我们一直都在这里，连日子也记不清了。我们在石头附近总有几百人。傍晚回家以前，我们总要歌唱追逐，你怎么会看不见我们，听不见我们的歌声呢？”汤姆又把这孩子望了望，然后说：“咦，这真奇怪啊！我三番四次看见像你们这样的人，可是我总当作你们是些贝壳，或者是海里的动物。我从来没有认出你们是和我一样的水孩子。”

你说，这可不是古怪啊！古怪得连你也不一定知道是怎么一回事。为什么汤姆一直要到他把龙虾从笼子里救了出来，才找到水孩子呢？你要懂得是什么缘故，最好把这个故事读上九遍，自己再想一想，那样你就会明白。把什么事情都告诉小孩子，不给他们一点点动脑筋的机会，对于孩子们并没有好处啊。【阅读能力点：给读者提出了疑问，让他们认真读文章，开动脑筋思考问题。】

“现在，”那孩子说，“你来帮我一下忙吧。你不帮我的忙，我就来不及在我哥哥姐姐来到之前做完。现在已经是回家的时候了。”

“我帮你什么忙呢？”

“帮我救这块可怜的石头。上次大风雨里飘来了一块笨重的大圆石，把这块石头的头撞掉，把石头上面的花也都扫光。现在我一定要在上面重新栽上海草，珊瑚和海葵。我要让这块石头成为沿海岸最最美丽的石花园。”

两个人于是救起石头来，在上面种些花草，把四周围的沙铺平。他们做得非常开心，一直到潮水开始退落时才住手。这时汤姆听见别的水孩子也来了，笑着，唱着歌，叫嚷着，追逐着，那片闹嘈嘈的声音就像浪花一样。他这才知道自己的眼睛一直就看见他们，耳朵也一直听见他们，只是不认识他们，只是因为他的眼睛和耳朵还被蒙藏着的缘故。

他们都来了，上百的水孩子，有些比汤姆大一点，有些比汤姆小一点，穿的全是白色的小游泳衣，非常整洁。他们听说汤姆是个新水孩子，都和他搂抱，亲吻，把他放在当中，大家环绕着他在沙

上跳起舞来。可怜的小汤姆，这时没有人比他更快乐了。【阅读能力点：碰到了自己的同类，而且他们接受了汤姆，汤姆很开心。】

“可是现在，”他们同声喊出来，“我们都得回家了，都得回家去了，否则潮水退掉，我们就会干涸在地上。我们已经把断海藻全修好了，把石池子整理好，把所有的蚌壳重又安放在沙上，上星期那个可恶的大风暴冲坏的地方，再也看不出来了。”

海滩上那些石池子所以总是那样整洁就是这个道理，因为每一次大风暴之后，都有水孩子跑到岸上来打扫它们，耙剔它们，把它们重新整理的井井有条（井井：形容整齐有条理的样子。形容条理分明，整齐不乱。）。

可是水孩子最受不了臭气味。如果岸上的人喜欢糟蹋东西，不爱清洁，把阴沟通进海里（不像节俭的人们把垃圾都堆在田里）；或者把鲱鱼的头，或者死鲛鱼，或者别的废弃的东西丢在海里；或者把干净的海岸弄得乌七八糟（形容十分杂乱。）的，那些水孩子就不来了；有时侯几百年不来，只留下些海葵和螃蟹打扫打扫。一直要到洁净的大海把泥沙上面所有的肮脏都遮盖起来，把人类的垃圾全洗刷掉，还要移植活的海扇、蛾螺、牡蛎，海鼠、金冠贝来，把海边重又点缀成一座美丽的活花园时，那样子水孩子才会再来。我想，在我看见的所有海边，为什么没有看见过一个水孩子，就是这个缘故。【写作借鉴点：水孩子都喜欢清洁干净，为下文汤姆变得清洁干净埋下了伏笔。】

那些水孩子的家在那里呢？就在白兰登的仙人岛。

你可曾听说过这位善良的白兰登吗？从前他在荒野的开莱海边，和五位隐士向爱尔兰人进行善意的劝导，可是，那些爱尔兰人不肯听他们说，白兰登和他的朋友看见他们一点不听他们说，全都灰心了。

一天白兰登跑到山上去，眺望着那片怒吼的海水，再从那边眺望着大洋。他叹口气道：“唉，我能像鸽子一样有一双翅膀多好！”这时他在天边离落日不远的地方望见一片蔚蓝的仙水，和许多金色的岛屿；他说：“这些应当是善人的岛啊。”于是他和他的朋友就坐上一条小船，向西方开了出去。

当白兰登和五位隐士抵达那座仙岛时，他们发现岛上遍长杉木，而且有各种各样美丽的禽鸟。白兰登在杉木下面坐下，替所有的禽鸟祝福了一番。那些禽鸟非常喜欢他的祈祷，就告诉海里的鱼。鱼也来了，于是白兰登也为鱼类祝福。鱼又去告诉住在岛下石洞里的水孩子，水孩子也来了。他们每逢星期日总有几百人要来，所以白兰登居然有了一个很像样的学校了。他教导这些水孩子总有千百年，后来他的眼睛变得昏花，胡子长得很长很长，弄得他连走动都不敢走动。终于他和五位隐士全都在杉木下面睡去，一直睡到今天。且说汤姆到达白兰登岛之后，发现这座岛原来耸立在许多的圆柱子上面。岛下到处都是洞穴。这些柱子有些是黑岩石；有些是红绿相间的蛇纹石；有些是沙石，上面满是红色、白色和黄色的条纹；有青色的山洞，也有白色的山洞；洞壁上披的挂的全是海藻，红的、绿的、紫的、褐的，各种颜色都有；地下铺的是雪白的细沙，那些水孩子晚上就在这里睡觉，收拾和打扫这些山洞，是由螃蟹做的。那些螃蟹把地上零零星星的东西衔起来，像猴子一样一古脑儿吃掉。同时，岩石上还铺满有千千万万的海葵、珊瑚、石蚕；他们整天都在清洗着海水，把海水保持得鲜美清洁。可是它们虽然要做这种糟糕的事情，却并不像那些扫烟囱的人和打扫房屋的人，弄得又脏又黑。【阅读能力点：都是做的清洁工作，却形成了鲜明的对比，更突出了水孩子对清洁的渴望。】不，那些仙人要体贴得多，公正得多。仙人给这些海葵、珊瑚、石蚕全穿上颜色和花纹最最美丽的衣裳，使人望去就像一大片鲜艳的花田似的。你不要以为我是在乱说，我说的确是事实。我们应当尊敬那些扫烟囱的人和打扫房屋的人，不应当瞧不起他们。

还有，岛上夜间并不用巡查的人或者警察来防止盗贼，而是有千百条水蛇守护着。这些水蛇都非常了不起。他们全受海中女仙照料着，而且它们的名字也是跟着这些女仙起的，像欧尼斯啊，波尼奴啊，菲罗多斯啊，沙马特啊，或者其他海中仙后周围的美丽的仙女的名字。仙后乘着嵌有贝壳的玉鸾，周围经常有许多美女环绕着她。水蛇身上全穿着丝绒，有绿色、黑色、紫色等等；身上还有一道道的箍。有些水蛇一条就有三百副头脑，敢说它们过去都是异常机警的侦探家。有些尾巴上长了眼睛，有些每一个骨节都长了眼睛，所以对周围的事情经常极其警觉。它们要生小蛇时，就在尾巴上生出一个来，等到小蛇能照顾得了自己，就从尾巴上落掉。养家活口在它们就这样毫不费事。可是如果碰到有可恶的东西走近时，这些水蛇就会冲上去。他们每一个都有几百只脚，从它们的脚下就会涌现一座兵器铺来。这里面有：镰刀、钩刀、鹤嘴锄、叉、切纸刀、两刃剑、刺刀、匕首、曲口剑、长剑、镖枪、长矛、古代的戟、钺、开山斧、钓鱼钩、锥、手钻、木塞起子、长针、绣花针等等。它们运用这些武器，又刺、又砍、又戳、又捣、又抓、又钻，杀得那些淘气的畜生大败亏输，慌忙不迭地逃命，要不然的话，就会被切成碎块，然后被吃掉。岛上有上千上万的水孩子，不但汤姆数不清，连你也数不清。一切为忍心的父母所不喜欢的小孩子；一切生来没有教养，或者受人虐待、遗弃、冷淡的，境遇悲惨的小孩子；一切被大人骑在身上责打的，或者自幼被人教会吃酒，或者被人听任从开水壶喝水的，或者听任他们落在火里的小孩子；一切流浪在大街小巷、破落乡村里的儿童，死于寒热的，死于霍乱的，死于麻疹的，死于红猩热的，死于其他恶病的儿童（这些疾病都不应该传染上的，而且有一天人们有了常识以后，就不会害怕）；一切被忍心的主人和黑心的兵士杀死的小孩子；所有这些小孩子，仙人都喜欢，他们都在这里。【阅读能力点：这里的水孩子都是一些有各种各样坏习惯的小孩子，而仙人却喜欢他们，让他们住在这里，突出了仙人的善良。】

可是我真盼望汤姆放弃他那些顽皮勾当，也不要再虐待不会说话的动物，因为现在他已经有许多的伴侣在一处玩耍了。可惜的是，他总要找那些动物捣蛋，只有水蛇不敢去碰，因为水蛇不喜欢别人跟它们胡闹。他搔石蚕的痒，使它们闭上；吓得躲到沙里面去，从沙里用眼梢窥测他。他把石子放进海葵的嘴里，使海葵幻想是晚饭到嘴了。【阅读能力点：虽然汤姆不想回到过去，但这并不意味着他已经改好了，他还是那个四处捣乱的孩子。】别的水孩子警告汤姆，并且说："当心你做的事情。惩恶仙人要来了。"可是汤姆从不理睬他们，依旧是嘻嘻哈哈，兴高采烈的样子。终于有一天星期五的清晨，惩恶仙人果然来了。

她是个个子很大的妇人。孩子们看见她时，全都站成一排，身子笔直，用手把自己的浴衣抹抹平，双手放在身后，就好像他们要受人检阅似的。她戴一顶黑帽子，披一条黑披肩，并不穿硬衬裙；一副大的绿眼睛架在大的鹰钩鼻子上，梁钩得高高的，高到比她眉毛还要高；腋下夹了根大戒尺。她长得真丑，汤姆禁不住想向她做鬼脸了。可是他没有做鬼脸，因为她腋下的戒尺望去不大好惹。

她把孩子们一个个看过去，好像很高兴似的。可是她从不问一句他们的所作所为。后来就分给它们各式各样的海货：海饼、海苹果、海桔、海糖果等。她还给最好的孩子海冰淇淋，这种冰淇淋是用海牛乳制的，在水里决不融化。当时汤姆眼看着这许多好吃的东西分给大家，看得他嘴里都流出口水来，眼睛睁得像猫头鹰眼睛一样圆。他心里巴望总会轮到自己的，后来终于轮到他了。【写作借鉴点：动作和心理描写，展现了汤姆孩子的一面，将他迫切希望得到好吃的的心情表现得淋漓尽致。】仙人唤他过来，指头捏着一样东西，卜的一声塞在他嘴里。呀，看呐，原来是一颗又冷又硬的石头。

“你是个忍心的女人。”汤姆说，就大哭起来。

“你也是个忍心的孩子。是哪一个把石子塞在海葵的嘴里，叫它们当作是一顿好饭，把它吃进去的呢？你这样对待他们，我就这样对待你。”

“谁告诉你的？”汤姆问。

“你自己告诉我的，就在这一刻。”

汤姆刚才并没有开口，所以觉得非常奇怪。

“总是这样，每次都是人自己一五一十告诉我他们做了什么错事，而且他们自己并不知道告诉了我。所以休想瞒我。现在走开吧，做个好孩子，只要你不要把石子放在别的东西嘴里，我也不把石子放在你的嘴里。”【阅读能力点：惩恶仙人在用行动告诉汤姆他的做法是错误的，然后要求汤姆做一个好孩子。】

“我并不知道这有什么不好。”汤姆说。

“那么你现在知道了。人们总是跟我这样说，可是我告诉他们。不能因为你不知道火可以烫伤你，火就不烫伤你。同样。不能因为你不知道污秽会滋生疾病，就不会生病，或者生病不死。那只龙虾并不知道钻进虾笼里去有什么危险，可是它照样陷进虾笼里去。”

“天呀，”汤姆想，“她什么事都知道！”的确，她什么事都知道。

“所以，并不能因为你无心做错事，就不能责罚你。不过跟你知道是错事还是要去做有轻重罢了，小家伙。”这时候仙人的脸色又变得慈祥了。

“不过，你对一个穷小子未免太严厉了一点。”汤姆说。

“一点不严厉；我是你有生以来的最好朋友，不过我要告诉你，碰到人做错事时，我就禁不住要责罚他们。跟他们一样，我也是不愿意如此。那些可怜的家伙，我时常替他们非常难过，可是没有办法。就是我不打算这样做，我也还是照做。我就像一架钟那样工作；我里面全是轮子和弹簧；而且很当心地开足了，所以自己也禁止不了自己怎样做。我是一次上足的，永远不需要再开。几时开的连我自己都忘记了。时间太久了。”

“天呐，”汤姆说，“你一定造出来很久很久了！”

“我不是造出来的，孩子。而且我要永远走下去。我跟永恒一样老，然而又和时间一样年轻。【阅读能力点：暗示汤姆任何时候做错事都会受到惩罚。】”

这时仙人脸上出现了一种很古怪的表情：很庄严，很忧郁，可是又很美。她抬起头远望出去，像是望过大海，望过天空，望着极远的地方。当她这样望着时，她脸上浮出一种安静、温柔、耐心和希望的笑容。使汤姆一时觉得她丝毫不丑。她的确丝毫不丑。她就跟许许多多没有生一副好眉眼，然而看上去很可爱的人们一样，使孩子们一看见就爱她；因为人脸就像一座房子，外表虽则很简陋，然而窗子里面却有一个美丽善良的灵魂向外张望啊。

汤姆笑了，他这时非常好看。怪仙人也笑了，就说："对的。你方才觉得我很丑，是不是？"

汤姆垂下头去，脸一直红到耳朵。

"我的确丑。我是世界上最丑的仙人。在人类没有全部改过自新（自新：自觉改正，重新做人。改正错误，重新做起。）之前，我还要一直丑下去。等人类全部改了过来。我就会变得跟我妹妹一样美丽。我的妹妹叫福善仙人，是世界上最美的仙人。所以我们做的工作是各占一半；我做不到的她做，她做不到的我做。那些不听她说的人就得听我说，你看好了。现在你们全都走开，只有汤姆留下。他可以留在这里看我打算做些什么。在他上学之前，这对他也许是个很好的警告呢。

"现在我告诉你，汤姆，我每星期五上这里来，把所有虐待儿童的人都召了来，就照它们虐待儿童的样子来治他们。"【阅读能力点：总领下文，让汤姆看到那些虐待儿童的人都将受到什么样的惩罚。】

汤姆听了这话害怕起来，就爬到一块石头下面去。这使原来住在石头下面的两只螃蟹很生气，而且把螃蟹的朋友滑鱼吓得卜卜跳，就像发疯一样。可是汤姆仍旧不肯让开。仙人先把那些给孩子们服药过多的医生叫来。这些多数是老医生；年轻的医生里，除掉军队里的医生外，懂得的比较多。她把他们站成一排。他们脸色很发愁，都知道下面将是什么回事。

仙人先把他们的牙齿都拔去；再就划得他们浑身是血；然后给他们服上轻粉、泻药、盐和巴豆剂、硫磺和糖浆。他们一个个吃得苦眉皱眼的。然后她又给他们服下大量的煌剂，但是不给他们脸盆。这样做完，再从头来过，一早晨就这样过掉。

然后仙人又召来一大批愚蠢的妇人。这些人都是给自己的女孩子勒足束腰的。仙人给她们都穿上非常紧的马甲，勒得她们全都透不过气来，人非常难过，一个个鼻子都红了，手脚全都觉得发胀。仙人接着又给她们穿上紧得很可怕的小皮靴，叫她们穿着靴子跳舞，弄得她们辛苦难受。仙人这才问她们这种滋味可好受。她们都说一点不好受时，仙人就放掉她们。因为她们这样做不过是愚蠢的赶时髦，妄想这对她们的女儿有好处，其实蜂腰猪足既不美观，也不卫生，而且对任何人都没有益处。

然后仙人又把所有粗心大意的保姆叫来。她在她们身上到处都刺上针，又把她们放在摇车里，肚子上勒上皮带，头和胳膊挂在车外，就这样把她们推来推去，弄得她们既难受又头晕，简直要中暑。不过因为是在水里，可能不是中暑而是受寒。可是敢保一样不好受。不信的话，你去风磨的轮子下面坐坐，你就会领略到滋味。你记着，当你航海时听见海底下发出一股隆隆的声音，水手们会告诉你这是海底地震；可是你现在应当明白，就是罚恶仙人在海底下把这些保姆放在摇车里推来推去啊！

这时候仙人已经很累了。只得去吃午饭。吃完午饭，她又开始工作。她把所有残酷的教师都叫来，来的教师成千上万（形容数量很多。）。

仙人看见他们，眉毛皱得非常可怕，就认认真真动起手来，好像这一天的工作已经到了精彩的阶段似的。有一半以上的教师都是又脏有臭又讨厌的老天主教僧侣，这些老家伙因为不敢打那些和他们一样大的成人，就以鞭打小孩子为乐。你在那张老主教格莱高里的图画里也可以看得见，他一面在教孩子们唱“法米法米”，一面在椅子下面却藏了一根九股鞭。这些僧侣由于自己没有孩子，就妄想自己（现在还有些人这样）是世界上唯一知道怎么管教孩子。在古老的安格鲁——撒克逊年代，这些天主教僧侣第一次给英国带来了惩治自由的男孩子甚至于女孩子的作风，比你惩治一条狗或者一匹马还要凶恶。可是罚恶仙人老早都把他们捉住了，叫他们全饱尝一顿自己的鞭子戒尺滋味。这对他们只有好处。

她敲他们的耳朵，用尺敲他们的头，打他们的手心，说他们讲鬼话，是些败类。他们非常气愤，用自己的人格保证，声称他们讲的都是真理。越是如此，仙人就越发责骂他们，说他们讲的全是谎话。终于她用自己的大戒尺把他们狠狠打了一顿，而且罚他们把原来是三十万行的希伯来文的诗念熟，在她下星期五回来之前一定都要背出来。这一天，他们全都放声大哭，他们的呜咽在海水里腾起就像汽水的泡泡一样。这就是海水里面有气泡的一个原因。当然，也还有别的原因，不过拿小孩子来说，这个原因和他们最有关系。到这时候，仙人已经很疲倦，也乐得停手，事实上，她已经做了一天很辛苦的工作了。

汤姆对这位老仙人倒也并不是不喜欢，不过禁不住觉得她太狠毒一点。这也难怪这个可怜的老太婆。因为她要等待所有的人都改过自新，然后才能变得美丽，她还要等好久好久呢。

可怜的罚恶仙人！她面前还放着一大堆艰苦的工作要做呢。她宁愿天生是一个洗衣妇，成天站在洗衣盆面前。不过你知道，不是每个人都能自由选择自己的职业啊。

可是汤姆想问她一个问题。老实说，不论在什么时候仙人望着他时，脸色都还温和，有时候还带一点古怪的笑容。她那种暗自好笑的派头也给予汤姆勇气，所以他终于说：“对不起，太太，我可以问你一个问题吗？”

“当然可以，乖乖。”

“你为什么不把那些坏心的师傅叫了来，也把他们惩罚一下呢？那些在煤矿里敲打童工的工头；那些把学徒的鼻子锉平、指头锤平的打铁匠；还有所有扫烟囱的老师傅，就像我的师傅葛林一样；为什么不叫来呢？好久以前，我就看见我的师傅葛林一样；为什么不叫来呢？好久以前，我就看见我的师傅葛林掉在水里了，所以我满指望他会在这里。我敢说他待我就很坏。”【阅读能力点：汤姆将心里的疑惑问了出来，说明他已经意识到那些师傅做的是错误的，而不是觉得师傅打徒弟是理所当然。】

听了这话，老仙人的脸色变得非常严厉，连汤姆都害怕起来，懊悔不该这样大胆。可是她并不生他的气，她只回答说：“我整个星期都看守他们；他们呆的地方和这里全然不同，因为他们知道是错事还要去做；他们是明知故犯（明明知道不能做，却故意违犯。）。”

她说时非常安静，可是声音里面有一种地方使汤姆听了不由得浑身战栗，就像掉进一丛海荨麻里去了一样。

“可是眼前这些人，”她又往下说，“并不知道自己做的是错事，他们不过是愚蠢、性急；所以我只是惩罚他们一下，使他们变得耐性些，教他们像一个理性的动物那样学会运用常识。至于那些扫烟囱的孩子，采矿童工和打钉的学徒，已经有我的妹妹派了许多好人能够阻止那些残忍的师傅，使他们不再虐待可怜的孩子们，我就可以至少早一千年变得美丽呢。现在，你得做个好孩子，你要人家怎样对待你，你就应该怎样对待人家。那些人就错在不肯这样做。你肯做个好孩子的话，等到下星期日我的妹妹福善仙人来时，她或许会注意到你，并且教给你怎样做人。那些事她比我懂得多。”说完她就走了。

汤姆听见没有可能再和葛林碰上，心里很高兴，不过想起葛林有时候把啤酒脚给他喝时，又有一点替他难过。他决心星期六整天做个好孩子。到了那一天，他果然如此；他从不吓唬一只螃蟹，也不去搔珊瑚的痒，也不把石子放在海葵的嘴里去，使它们误会一顿晚饭到嘴。【阅读能力点：汤姆已经认识到自己的错误，开始改变了。】到了星期日早晨，福善仙人果然来了。所有的孩子看见她来，都拍手跳舞。汤姆也使劲地跟着跳舞。这位美丽的仙人，她的头发和眼睛那种色泽我没法子告诉你。连汤姆也说不出，因为人看见她的时候，他们能想到的只是，这是他们所看见过的，或者想看见的最美、最善良、最温柔、最有趣、最快乐的一张脸了。不过汤姆看出她是个高身材的妇人，跟她姐姐一样高，可是跟她姐姐不同的是，不但不是满身疙瘩磷藓、粗糙刺人，而且是所有抚育婴孩的人里面皮肤最最光滑、香软、滋润、腻滑的女人。她而且最最了解小孩子，因为她自己就有许多小孩子，一大群一大群的孩子，到今天还有。她一有空就跟孩子玩，这是她唯一的快乐。她跟孩子玩起来会非常体贴。孩子们是世界上最好的伴侣，也是最有趣的伴侣。至少，世界上最聪明的人都是这样想法。因此，当孩子们看见这位美丽的仙人时，不由得全都抓着她，把她拉到一块石头上坐下，随即有的爬到她的膝上，有的抱着她的颈子，有的抓着她的手。接着，孩子们都把拇指放在自己的嘴里，就像无数的小猫一样，咪咪呜呜叫起来。那些上不去的孩子就坐在沙上，紧挨着她的脚。你知道，在水里是没有人穿鞋子的。只有那些讨厌的老妇人洗海水浴时才穿上鞋子，因为她们怕水孩子来钳她们长了鸡眼的脚趾。汤姆站在那里瞪着眼睛望，因为他不懂得这是怎么一回事。

“你是谁呀，你这小宝贝？”仙人问。

“哦，他是个新来的孩子！”孩子们叫，同时把拇指从嘴里取出来，说，“而且他从前就没有母亲。”说完，大家又把拇指放进嘴里去，因为他们一点时间都不肯浪费。“那么我来做他的母亲，而且给他最好的地方。现在，你们全走开去。”说时，仙人两只胳臂就夹起许许多多孩子，一只胳臂夹了九百个，另一只胳臂夹了一千三百个，把他们向左右两边投到水里去。可是孩子们并不在意。他们连嘴里的拇指都不取出来，一个个摇摇摆摆又向她游回来，就像许多蝌蚪一样，所以弄得她身上从头到脚爬的全是孩子，人一点也看不见了。

可是仙人把汤姆抱在胳臂里，把他放在最最柔软的地方，吻他，拍他，低声低气温存地跟他谈话，谈他有生以来从没有听过的事情。汤姆抬头望着她的眼睛，爱上了她，直到他被纯洁的爱陶醉得昏睡了去。【阅读能力点：汤姆在仙人这里得到了从未有过的温情，唤醒了他内心的爱。】

等他醒来时，仙人正和孩子们讲故事。她讲些什么故事呢？她讲给他们的一个故事是从某一个节目开始的，可是永远完不了。当她讲下去时，孩子们都把大拇指从嘴里取出来，听得一本正经（原指一部合乎道德规范的经典。后用以形容态度庄重严肃，郑重其事。）的；也在听，而且永远听不厌。他听了很久很久，终于又睡着了。等他醒来时，仙人仍旧抚弄着他。

“不要走，”小汤姆说。“这太美了。我从来没有人这样抚爱过我呢。”

“不要走，”孩子们全体都说，“你还没有给我们唱过一支歌呢。”

“那么，我只有工夫唱一支歌儿。唱个什么呢？”

“《你丢掉的布娃娃》，《你丢掉的布娃娃》。”所有的孩子齐声叫出来。于是这位古怪的仙人就唱起来：

“从前我有一个可爱的布娃娃，心肝，
世界上的娃娃数她最好看；
她的两颊是那样红又那样白，心肝，
她可爱的头发是那样曲曲弯弯。
可是有一天我在灌木丛里玩，心肝，
我的布娃娃被我丢掉了；
为了她我哭了一个多星期，心肝，
她放在哪儿我永远找不到。
有一天我又去灌木丛里玩，心肝，
我的布娃娃居然被我找到。
旁人说她变得不成样子了，心肝，
她脸上的脂粉全都被洗掉，
她的胳臂被牛踏断了，心肝，
她的头发一点儿也不曲曲弯弯。
可是为了旧旧的交情，心肝，
世界上的娃娃仍旧数她最好看。”

一个仙人居然会唱出这样蠢的歌来！而且居然有这么多的蠢水孩子听得津津有味（津：口液，唾液；津津：兴趣浓厚。形容兴味浓厚。）呢！

可是在海底下，他们本来就是那样天真啊！

一线名师精心编写

全面提高阅读和写作能力

DUXIE DABIAO SHOUCE

读写达标手册

沐文珑尚 著

《水孩子》

吉林美术出版社 | 全国百佳图书出版单位

阅读指导

《水孩子》是世界十大著名哲理童话之一，一部教育孩子自我完善的动人故事。作者以亲切而风趣的语调，优美而简洁的文笔，生动地讲述了一个扫烟囱的孩子如何在仙女的引导下，经历各种奇遇，变成水孩子的美丽故事。阅读此书时，我们应该把握以下几点：

一、感受水孩子的特别，体会他的烦恼，感悟在人的成长过程中，拥有善良、友爱与坚强的可贵。

从一个成天黑不溜秋的扫烟囱的被虐待的孩子，到一个干干净净的勇敢的水孩子，再到一个真正的男子汉，他一路走来，既充满了惊奇，又经历了太多的艰辛。然而不管是故事里的汤姆还是读者，除了收获成长的经验以外，还将收获一路的自然科学与人间的真爱。

二、阅读作品中生动的景物描写，体会景物描写对于表现人物心理的作用。

作品中运用了比喻、拟人、排比等多种修辞手法，给读者打造了一个亦真亦幻、光怪陆离、五彩斑斓的童话世界，使读者徜徉于美丽、生动的童话世界之中。通过对景物的细节描写，抒发了作者的各种思想感情，读者们要仔细体会童话中各种人物的不同心理。

三、用小组交流或写读后感的形式，谈自己得到的启迪。

阅读名著之后，如果能与人交流心得或自己动手写日记、读后感，可以更好地梳理自己的思路，加深对名著的理解。

名著精读

《水孩子》这部哲理童话充分抓住儿童的阅读兴趣，以虚与实的完美结合，运用丹青妙笔，为孩子们描绘了一片纯洁、高尚、充满童趣的幻想天地。

汤姆是一个饱受老板虐待的扫烟囱的小男孩。一次，他跟着老板葛林去哈特荷佛府中干活。在这座豪华的宅邸中，他无意中闯入了爱丽小姐的房间，被眼前的整洁摆设和姑娘的干净美丽惊呆了。

爱丽小姐被这个脏兮兮、黑不溜秋的不速之客吓坏了，她发出一声惊叫，汤姆匆匆逃离。他身后的庄园里一片混乱，大家手忙脚乱地追赶他，都以为他偷了东西。汤姆走投无路，直奔森林避难。一个好心的老太太收留了他，可他在睡梦中听见一个声音在呼唤他："哦，你太脏了，去洗洗吧。"恍惚中，他来到了河边，走入水中。

当汤姆醒过来的时候，发现自己正在小河里游来游去，身子大约只有4英寸长，喉头腮腺四周长了一圈外鳃，就像水蜥蜴的外鳃一样可以吸附在别的东西上面，他误以为这是花边装饰，最后用手拉了拉，发现很痛，这才认定是自己身体的一部分。

原来，仙女们已经把他变成了一个水孩子。

在仙女的指引下，汤姆在经历了各种奇怪的事情及考验后，终于变成了一个善良、可爱的水孩子。

解读与分析

叙述者：查尔斯·金斯利，英国19世纪著名小说家，以亲切而风趣的语调，优美而简洁的文笔，生动地讲述了一个扫烟囱的孩子如何在仙女的引导下，经历各种奇遇，变成水孩子的美丽故事。

叙述视角：故事以第三人称叙事。

背景（时间/地点）：可怜的汤姆是个扫烟囱的孩子，整天脏兮兮，他总幻想能成为一个欺负徒弟的师傅。

主人公：汤姆

主要冲突：原来的汤姆是一个不讲卫生、不懂礼貌、不顾他人感受的拥有太多不良习惯的小孩子。

上升情节：自从汤姆成了水孩子后，汤姆的生活发生了全新的变化，他慢慢地改变着自己的想法和习惯。

高潮：他遇到了惩恶仙人，并且为自己所做的错事受到了相应的惩罚。接着受到仙人的指引，去寻找葛林先生。

收势情节：在仙女的指引下，汤姆在经历了各种奇怪的事情及考验后，终于变成了一个善良、可爱的水孩子。

主题：汤姆由一个拥有各种缺点的坏小孩最终变成一个善良、可爱的水孩子，给读者以启示：只要好好努力，谁也可以成为好孩子，从而给小读者树立信心，滋润着他们的心田。

基调：作品中充满了各种讽喻，亦不乏劝诫，但它们在作者幽默诙谐的笔调和生动奇特的想象之下，读来丝毫也不冰冷生硬，而是妙趣横生，令人忍俊不禁。其中寄托了作者对自己的孩子和所有孩子的希望：爱清洁，行善事，勇敢正直，健康成长，成为博闻广识、心胸开阔的人。

作者简介

查尔斯·金斯利（1819—1875），英国19世纪著名小说家，诗人，生于一个普通的牧师家庭。他在伦敦大学和剑桥大学学习法律，毕业后即任牧师。他还在剑桥、牛津大学担任过历史学教授。曾参与发起基督教社会主义改革运动。1860年至1869年在剑桥大学任现代历史教授，是一位知识渊博的学者型作家。

金斯利是一位知识渊博的学者兼作家。他针砭时弊，笔力雄健，著有六七部长篇小说和剧作《圣者的悲剧》，长篇小说《酵母》、《阿尔顿·洛克》。历史传奇小说《希帕蒂亚》、《向西去啊》等。金斯利关心下层人民的生活疾苦，反对当时不合理的儿童教育，强调劳动动的意义，被认为是进化论者和社会改良主义者。这些观点在他的童话代表作《水孩子》里都得到了充分的体现。

艺术特色

《水孩子》为英国十九世纪作家查尔斯·金斯利所著的一部儿童文学经典名著，亦为其儿童文学创作的代表作。作者以亲切而风趣的笔调，优美而简洁的文笔，生动地讲述了一个扫烟囱的孩子汤姆如何变成水孩子，并在仙女的感化、教育和引导下，闯荡大千世界，经历各种奇遇，克服性格缺陷，最后长大成人的美丽故事。这本书讲述了一个男孩怎样成为一个男子汉的故事。作品的艺术成就主要有以下几点：

一、语言风趣幽默，想象生动奇特

作品中充满了各种讽喻，亦不乏劝诫，但它们在作者幽默诙谐的笔调和生动奇特的想象之下，读来妙趣横生，令人忍俊不禁。

二、给人以启示，激励着读者动用自己的力量去实现梦想

汤姆听到的声音是："下海去！下海去！"他得到的教导是：世界是如此的精彩，如果他想成为一个男子汉的话，就必须到外面的世界闯一闯。他必须像每一个降生到这个世界上的人一样，完全靠自己在外面闯。用自己的眼睛看，用自己的鼻子闻，自己睡自己做的床，自己玩火就自己烫痛自己的手指头……

三、寄托了作者的美好希望

本文寄托了作者对自己的孩子和所有孩子的希望：爱清洁，行善事，勇敢正直，健康成长，成为博闻广识、心胸开阔的人。

人物画廊

汤姆

汤姆是一个孤儿，一直过着被师傅虐待的生活。因被人误会，他在逃避追捕时沉睡在小河里成了水孩子。成为水孩子后，他很快学会用礼貌的方式对待他人。虽然他还有很多毛病，但都主动面对和改正，最后成为了一个真正的男子汉。

爱丽

爱丽是一位极其美丽的小姑娘。她的两颊跟枕头一样白，头发就像金丝，像极了在店里的那种蜡娃娃。她在石头上跌下后昏迷不醒，后在仙女的帮助下从窗户飞走，去了不喜欢去的地方，帮助了一些不喜欢的人，最后和汤姆幸福地生活在一起。

葛林

葛林是汤姆的师父，经常以暴打汤姆为乐。他冷漠无情，十分贪婪，是个不折不扣的势利小人。他在去偷鱼时不慎掉入河里，被仙女送去天外天受罚。后因听闻母亲去世的消息，终于落下悔恨的眼泪，被汤姆解救。

罚恶仙女

罚恶仙女没有和善仙人的美丽，也没有护持婆婆的和蔼。她整天板着脸，一副不怒自威的样子。但她是个明智的仙人，知道光靠惩罚不能彻底让人改过，所以注重使用教育的方式。在惩罚的时候，她也懂得适可而止，从来不会不分青红皂白的打骂。

龙虾

龙虾是汤姆的好朋友。它总是自命不凡，对汤姆也不大礼貌。后因贪吃被关进人类设置的陷阱里，被汤姆所救，与汤姆成为共患难的朋友。

鲑鱼

鲑鱼从头到尾都像白银一般，点缀着深红色的圆点。它有一只大钩鼻子，弯曲的嘴唇，一双又大又明亮的眼睛。它说话的口气总是带着讽刺意味，像一个西班牙老贵族。

好段摘抄

★ 至于扫烟囱、饿肚子和挨打，汤姆认为这都是世界上应有的事情，犹如下雨下雪和响雷一样，也犹如老驴捱过一阵子冰雹一样，汤姆对这类事情总是勇敢地硬一硬头皮捱过去，然后摇摇头，照样欢欢喜喜，想着好日子总是要来的。

★ 有些人夜里三点钟起来是为了捉鲑鱼；有些人三点钟起来是为了爬阿尔卑斯山；还有许许多多的人三点钟起来是因为他们没有办法，不得不起来，就像汤姆这样。

★ 那些愿意清白的人，得到的将是清白；那些自甘下流的人，将要下流到底。

★ 水从他手指尖和脚趾尖上淌出来，把他洗得干干净净，他在一年中从没有这样干净过。可是不用说，他走过的地方却被他污染了，污染得很厉害。那座　岩从此以后就留下一大块黑迹，从岩顶直到岩脚。而且从那时候起，凡谷的黑甲虫比从前多得多，不用说，起因也是由于汤姆。

★ 那里还开放着成千成百的水花。汤姆原打算摘些花，可是手才碰上去，那些花立刻就缩成一块肉冻。汤姆这才看出来，这些花全都是活的，有的像铃子，有的像星星，有的像轮盘，有的像花，有各种美丽的形状和颜色。它们全都是活的，而且跟汤姆一样，全都很忙。

★ 他还捉到些赤蝇、飞蛾、蜘蛛和短尾的蜉蝣，黄的、褐色的、紫红的、灰色的都有，全送给他的朋友鳟鱼吃。也许他对这些飞虫太残忍了一点，可是一个人力量办得到时，总得帮帮朋友的忙啊！

美文品读

读后感

《水孩子》讲的是：在爱尔兰北镇住着一个扫烟囱的孩子——汤姆。他不会读书写字，也不知道他的爸爸妈妈是谁，每天被他那狠毒的老板逼着替人家清扫烟囱，所以挨打挨饿是家常便饭。

汤姆从小就受师傅格林姆的严厉管教。有一次，他和师傅去一个大户人家扫烟囱，可是汤姆不小心闯下了大祸，吓得他到处跑，最后在仙女的引导下，跳进了水里，并且变成了水孩子。起初，汤姆还是像以前一样顽皮，在水里，他经常跟各种动物捣蛋，后来在仙女的帮助下，小汤姆逐渐长大了，也成熟了。最后仙女派他去帮助师傅摆脱困境。一开始，小汤姆很不愿意去，因为他非常怕师傅会再次把他变成扫烟囱的小孩。可是仙女告诉他，一个人如果想成功就不能只做自己喜欢做的事。最后，小汤姆最终战胜了自己，鼓起勇气去帮助自己的师傅。在经历了各种考验之后，他终于变成了一个善良、可爱的水孩子。

这本书讲了水孩子从一个调皮的坏孩子变成一个勇敢、聪明、又懂事的好孩子。汤姆正确地面对自己的错误和缺点，不逃避，从点滴小事做起，不断改进与完善自己，终于成为一个男子汉。

跟汤姆比比，我觉得羞愧极了。我是个淘气的男孩子，有时候也会因为一点小事跟同学闹矛盾，老师批评我，我却不服气，还跟老师顶嘴。事后，我从不查找缺点，更不虚心接受批评，照样我行我素，根本不把老师的教育放在心上。读了《水孩子》之后，我才知道，应该像汤姆那样，做一个勇敢、懂事的孩子。有错误要及时改正，不应该逃避。

让我们一起读《水孩子》这一本书，一起做一个勇敢的好孩子吧！

过关测试题

一、填空题

1.《水孩子》是________国小说家________的作品。

2．水孩子原来叫________，他的师傅是________，他们的工作是________。

3．汤姆在____________（填地方名称）扫烟囱的时候遇到了小爱丽。

4．汤姆他们在路上遇到了一个爱尔兰女人，那个女人告诫他们：“那些愿意清白的人，得到的将是__________；那些自甘下流的人，将要___________。”

5.汤姆醒来，发现自己在河里游着，他变成了一个________动物。

6.汤姆在一个河堤底下发现了一个非常肮脏的丑东西，这个东西最后蜕变成了______。

7.惩恶仙人第一次见到汤姆，往汤姆嘴里塞了一块________。

8.汤姆在遇到____________之后，开始决心做一个好孩子。

9.惩恶仙人告诉汤姆，__________不能去那个美丽的地方。

10．汤姆找葛林先生的路很远，先要经过__________，穿过那从不打开的__________，然后到__________，和__________。最后才能找到葛林先生。

二、选择题

1.汤姆在小姑娘爱丽的房子里，通过镜子第一次看到自己，当他发觉那是自己的时候，他觉得（　　）。

A．很开心　　B．又羞又怒

C．很害怕　　D．很难过

2.一群人寻找汤姆的时候，发现汤姆已经到卢斯威特岩下面了，于是（　　）最先下去寻找汤姆了。

A．约翰爵爷　　B.葛林　　C.小马夫　　D.爱尔兰女人

3. 汤姆第一次看到的自己的同类是（　　）。

A. 三个美丽的小姑娘　B. 一个穿白衣服的小姑娘

C. 一个老人　　　　　D. 三个小男孩

4. 汤姆从笼子里逃出来后，又返回去救了（　　）。

A．老獭　　B. 鳟鱼　　C．螺蛳　　D. 龙虾

5. 汤姆从惩恶仙人的橱柜里偷了（　　）。

A. 糖果　　B. 巧克力　　C. 面包　　D. 牛奶

6．汤姆最不愿意做的事情是（　　）。

A．不吓唬一只螃蟹

B．不去搔珊瑚的痒

C．不把石子放进海葵的嘴里

D. 找葛林先生，再次变成扫烟囱小孩

7. 海鸥告诫汤姆，在那位大海鸦老太面前最好不要提他会（　　）。

A．游泳　　B. 飞　　C. 扫烟囱　　D. 抽烟

8. 汤姆是从白城门的（　　）面到和平池的。

A．上　　B. 下　　C. 左　　D. 右

三、判断题

1. 汤姆的师傅葛林经常对他拳打脚踢，他觉得这样对他很不公平。（　）

2. 汤姆变成水孩子以后，再也不用穿衣服了。（　　）

3. 老教授和小爱丽在海边散步的时候看到了水孩子，他为了面子，死活不承认那是水孩子。（　）

4. 惩恶仙人因为糖果失窃的事情惩罚了汤姆。（　　）

5. 福善仙人比惩恶仙人更和善，她给了汤姆一些方便。（　　）

四、简答题

1.汤姆为什么要找和自己一样的水孩子？

2.汤姆见到葛林先生淹死在了水里，可是他还是不敢靠近，为什么？

3. 汤姆白天想的是糖果，晚上做梦也是糖果，他接下来做了什么？

4.小姑娘爱丽什么时候认出了汤姆？

5.想要去那个美丽的地方，必须接受什么条件？

五、综合题

1.阅读下面一段文字，并回答问题。

汤姆把这个捕机望了一下。他本来比龙虾聪明，所以一眼就看出是怎么回事。就和你一样，一只龙虾笼的构造你一看也会明白的。

“你等一下，”汤姆说。“把你的尾巴竖起来朝着我，我来把你倒拖出去，那样你就不会戳在刺上了。”

可是龙虾又笨又蠢，连洞都找不到。它跟许多猎狐人一样，在自己的本乡时感觉始终都非常敏锐，可一离开本乡，立刻就摸不着头脑。这只龙虾也是如此，在它说来，是摸不着尾巴。

汤姆身子从洞里伸下去凑它，总算捉着龙虾的尾巴。可是，不出我们所料，这个蠢笨的龙虾使劲一拖，连汤姆也栽进笼子里面去了。

“你真是做的好事情，”汤姆说。“现在张开你的大螯，把这尖刺一个个钳掉，那样我们两个出去就很便当了。”

“天呐，我没想到这上面，我白有这一生的经验。”

你看，有经验还要有相当的智慧，才能利用经验，不管是人，是龙虾，都是一样。世界上有许许多多的人，把全世界都见识过来，然而终究还是和儿童差不了多少。

可是两人把尖刺拔了还不到一半时，眼前就来了一片乌云罩在他们头上。他们抬头一看，唷，原来是那只老獭。

老獭看见汤姆，咧开嘴笑得非常厉害。“呀！”它说。“你这个多管闲事的小混蛋，我现在可捉到你了！你告诉鲑鱼我的行踪，现在可要给你一点厉害尝尝！”它将全身伏在笼子上面打算钻进来。

汤姆吓得非常厉害，等到老獭找到上面的洞，把身子从洞里挤进来，一双大眼睛，两排钢牙，汤姆吓的更加厉害了。可是老獭的头才钻进洞，这位勇敢的龙虾先生立刻钳着它的鼻子，紧紧夹着不放。

这样他们三个全在一个笼子里面，滚来滚去。笼子里地方非常挤，龙虾揪老獭，老獭也揪龙虾，两个都把汤姆挤过来，撞过去，撞过来，挤过去，把汤姆挤得撞得气都透不过来。最后，他总算爬上老獭的脊背，安然无恙从洞里跑出来。假如不是这样，下面真的是不堪设想呢。

汤姆满心欢喜。可是他并不抛弃他救命的朋友，所以才一看见龙虾的尾巴竖着，就赶快捉着尾巴使劲拖它。

可是龙虾还不肯放。

(1) 解释一下文中加点成语的意思。

安然无恙：______

不堪设想：______

(2) “你看，有经验还要有相当的智慧，才能利用经验，不管是人，是龙虾，都是一样。世界上有许许多多的人，把全世界都见识过来，然而终究还是和儿童差不了多少。”作者这段话要告诉我们什么道理？

______

(3) “汤姆满心欢喜。可是他并不抛弃他救命的朋友，所以才一看见龙虾的尾巴竖着，就赶快捉着尾巴使劲拖它。”汤姆不仅为自己的逃脱满心欢喜，还不忘去救他的朋友，这说明了什么？

______

2.阅读下面一段文字，并回答问题。

汤姆游向最近的鲸鱼，问它上护持婆婆那里怎样走。

“她就坐在池子中间。”鲸鱼说。

汤姆纵眼望去，可是池子中间除掉一座高峻的冰山外，什么也望不见。他对鲸鱼这般说了。

“那就是护持婆婆，”鲸鱼说，“你走到跟前，就认得出了。她终年就坐在那里把动物除旧更新呢。”

“她是如何做的呢？”

“那是她的事情，与我无干。”老鲸鱼说。它张开打了一个哈欠。因为它长得非常大，这一张开，就是九百四十三只海蛾、一万三千八百四十六只针头大的水母、九码长一串的锤囊虫和四十三只小冰蟹游进它的嘴里。那些小冰蟹相互钳了一下，算是道别，各自把腿缩在肚子下面，决定死也要死得像个样子。

“我想，”汤姆说，“她大约把你这样大的东西切成无数的小海豚吧？”

这话引得老鲸鱼哈哈大笑，把所有的小东西全喷了出来。那些小东西全都游走了，深幸能逃出这个可怕的、有来无回的鲸口。汤姆这边一面自言自语，一面向冰山游去。

等他游近冰山时一看，冰山已经变成一位他从来没有见过的容貌庄严的老太太。一位浑身是白大理石一般的老太太，坐在白大理石的宝座上。从宝座的脚下，有千万种新生的动物游了出来，投进海中去，那些形状和颜色都是人梦想不到的。它们都是护持婆婆的儿女，是她朝朝暮暮用海水制成的。

汤姆满心指望她一定忙得不可开交，剪裁啊，配样啊，量尺寸啊，缝制啊，补缀啊，码线啊，锉光啊，设计啊，锤铸啊，转动啊，打磨啊，上模子啊，测量啊，雕琢啊，修剪啊，等等，就像人类制造物件时那种派头。

可是并不如此。她只是用手托着下颌，静静坐在那里，两只跟海水一样深蓝得大眼睛凝望着海。她的头发一白如雪。她已经很老很老了，事实上，跟你可能碰到的任何古老东西、古老事情都一样老。

（1）“她大约把你这样大的东西切成无数的小海豚吧？”汤姆说的这句话用了什么修辞手法？他说这句话的目的是什么？

修辞手法：______________________________

说这句话的目的：__________________________

（2）请解释一下文中“朝朝暮暮”的意思：

____

（3）汤姆想象中护持婆婆是如何把动物除旧更新的呢？

____

参考答案

一、1. 英　查尔斯·金斯利　2.汤姆　葛林　扫烟囱

3. 约翰爵爷庄园　4.清白　下流到底　5.水陆两栖

6.蜻蜓

7.石头　8.福善仙人　9.那些只配和海中动物玩耍的小孩子

10. 光辉城　白城门　和平地　护持婆婆港

二、1.B　2.C　3.A　4.D　5.A　6.D　7.B　8.B

三、1. ×　2. ✓　3. ✓　4. ×　5. ×

四、1.因为他感到很孤单。

2.因为他怕葛林先生变成水孩子，然后找到他，打他。

3.他偷了惩恶仙人的糖果。

4.在汤姆浑身的刺消失了之后。

5. 去那里的人一定先要上他们不喜欢去的地方，做他们不喜欢做的事，帮助他们不喜欢的人。

五、1. (1) 恙：病。原指人平安没有疾病。现泛指事物平安未遭损害。

未来情况不能想象。指预料事情会发展到很坏的地步。

(2) 人有经验是不够的，还需要相当的智慧，才能利用经验，督促人要多动脑思考问题。

(3) 说明他已经成熟了，知道了朋友之间应该互相帮助。

2. (1) 比喻　为了引老鲸鱼哈哈大笑，从而营救那些小动物。

(2) 从早到晚，天天如此。

(3) 护持婆婆忙得不可开交，剪裁啊，配样啊，量尺寸啊，缝制啊，补缀啊，码线啊，锉光啊，设计啊，锤铸啊，转动啊，打磨啊，上模子啊，测量啊，雕琢啊，修剪啊，等等，就像人类制造物件时那种派头。

原　　著	名家名译，原汁原味，提高素养
无障碍阅读	名师批注，重点详解，难点突破
读写达标手册	厚书读薄，提高阅读和写作能力

“现在，”仙人跟汤姆说，“你可要替我做一个好孩子了，不要再虐待海里的动物，这样一直等我回来，行不行？”

“你肯再抚弄我吗？”可怜的小汤姆问。

汤姆果真做起好孩子来。从此以后他再不虐待海里动物，一生不再虐待，而且，我跟你说，他现在还活着呢。【阅读能力点：得到了仙人的爱抚，汤姆很满足，他希望自己一直这样下去。】

那些有慈爱的妈妈抚爱他们，给他们讲故事的小孩子是不是应当学好呢！他们应当多么担心自己变得顽皮，使妈妈美丽的眼睛含了眼泪啊！

【学习要点】

汤姆救了他的好朋友龙虾，然后就遇见了其他水孩子，他跟着他们到了他们生活的地方，见识了那里的整洁干净，还遇见了惩恶仙人和给予他关怀的福善仙人，使他下决心彻底变成一个好孩子。

【读品悟】

汤姆在自己脱险后还未忘记自己的朋友龙虾，说明他已经有所改变了。他随着其他水孩子到其生活的地方，见识了惩恶仙人的各种手段，并且自己提出了疑问，在惩恶仙人的教导之后，他已经开始反思自己做过的坏事了，然后又得到了福善仙人的关怀，他很幸福，于是决心做一个好孩子。

【思考探究】

1. 惩恶仙人开始见到汤姆的时候，是怎样惩罚他的？
2. 汤姆的师傅葛林因为他做过的错事受到惩罚了吗？

第六章

名师导读

汤姆做起了好孩子，看起来他的生活马上要好起来了，但是又发生了一些事情，使得他的生活一波三折，那么汤姆又是如何选择的呢？

我在这里要讲到故事最悲惨的部分了。【阅读能力点：故事情节的转折，在我们以为故事就这样结束了的时候，事情又发生了。】我知道，有些人只会对这种事好笑，称它做大惊小怪（形容对没有什么了不起的事情过分惊讶。）。可是我知道有一个人并不这样看。这人长了两撇小胡子，就有你两只胳臂一样长，是一个军官。有一次他跟大家闲聊，他说世界上两件最伤心最使他感动的流泪的事，是小孩子哭布娃娃和小孩子哭偷糖果吃。他看见了总要想尽方法来补救或者防止。在座的人当时并没有笑他，因为他的两撇胡子又长又白，人家不好意思笑他。可是等他走后，他们都说他感情用事，诸如此类的话。只有一位戴白帽了的身材矮小的老太太不以为然。她一般说来并不偏护兵士，但是她说："诸位先生，我深深相信这才是一个真正勇敢的人。"

现在你也许会想象汤姆已经很好了，他不管需要或者想要的什么东西都能够到手了。可是如果你这样想，你就是大错特错了。一个人过得舒舒服服的固然是好事，可是并不能就使人变好。说实话，舒服有时候使人变得不长进，就像美国人那样，也像《圣经》里面讲的那些人一样，养胖了就变得不受约束起来，有如马吃得太多做得太少一样。可惜的是汤姆也弄成这样子。他一心只想吃那些海糖果，弄得他那个愚蠢小头脑里别的事情一概都不想。他而且贪得无厌，总是盘算仙人几时再来，给他一点糖果，给他什么样的糖果，给他多少，会不会给他比给别人多些。他白天想的是糖果，晚上做梦也是糖果，你想下面会是怎样呢？【阅读能力点：事情没有像我们想象的那样往好的方向发展，作者用这样的语气实在是吊足了读者的胃口。】

原来他开始留心仙人放糖果的地方起来。他躲躲藏藏跟在仙人后面，装作眼睛望着别处，或者去寻找的东西，终于发现仙人把糖果藏在一口美丽的、嵌满珍珠母壳的橱里，放在一条深石缝中。

他于是渴望上橱那儿去，可是他害怕。后来他又想起要去，他就不那么害怕了。一天夜里，当其他的孩子都睡着时，他想糖果想得总是睡不着；他爬出去到了石头那边，找到那口橱。看呐，橱原来开着。

可是，当他看见橱里所有的好东西时，他不但没有高兴，反而害怕起来，懊恼不该来到这里。后来他想只是碰一碰这些东西吧，他就碰了一碰。后来又想只尝一块吧，他就尝了一块。后来又想只吃两块，只吃三块，他就这样吃下去。后来又想到仙人可能会跑来捉着他，心里非常害怕，就开始狼吞虎咽（形容吃东西又猛又急的样子。）起来，吃得不但辨不出滋味，而且也不觉得好吃。后来他吃得很不好受了，就想再吃一块算数；接着又再吃一块算数。就这样吃下去，终于把一橱的糖果吃光。【阅读能力点：贪得无厌促使他一步步迈向罪恶的深渊。】

这时，自始至终，罚恶仙人都紧紧跟在他身后。

有人也许要说，为什么仙人不把橱锁上呢？啊，我知道。这看上去也许是古怪的事情，可是她从来就不把橱锁上。谁都可以去吃，吃了的后果各人自己去受。这好像很特别，然而就是这样特别；我有十分把握说，仙人最最懂得这里的道理。也许她是要人家不要去碰火，但是先得让他们烫一下。【写作借鉴点：用最浅显的道理，讲出了仙人想要达到的目的。】

罚恶仙人取下自己的眼镜来。因是她不想多看。她心里充满怜悯。可是眉头皱得几乎碰到自己的头发，眼睛睁得非常之大，好像把世界上所有的愁恨都吸了进去似的。眼眶里装满眼泪，她是时常如此的。

可是她只说了一句话：“唉，你这个可怜的小家伙，你也跟其余的人一样。”

不过她是在自言自语，所以汤姆不但没有听见，也没有看见她。不过，你不要当做她这是感情用事。如果你这样想，以为你和我做错事时她会放过你，或者我，或者任何人，以为她心地太仁厚了，决不会惩罚我们，那你就是大错特错，就像世界上许许多多的人，年年月月，都是这样想一样。

可是这位古怪仙人看见汤姆把她所有的糖果吃掉，她怎么办呢？【阅读能力点：这也正是我们好奇的地方，深深吸引着我们继续读下去。】

她会打汤姆吗？她还是抓着他的后颈，捉着他，喝骂他，压他，赶他，敲他，戳他，揪他，扭他，捶他，把他挤到墙角落里，摇他，打他耳光，把他放在一块冰冷的石头上叫他反省，等等呢？

一点儿都不。如果你知道在哪儿找到她，你就可以留心她怎样做。可是你决计见不到她做这类的事，因为她知道很清楚，如果她这样对待汤姆，汤姆就会又打，又踢，又咬，又骂下流话，当时就会还出他本来的面目，仍旧是一个顽皮的没有教养的小孩。那么她可盘问他，逼他，吓他，威胁他，叫他招认呢？也一点儿不是。如果我刚才说过，如果你知道在哪儿找到她，你就可以时常留心她的做法，但是你决不会看见她这样做。因为如果她这样逼汤姆，汤姆就会害怕起来，反而说起谎来。这样，对于汤姆只有比变回一个顽皮的没有教养的小孩更糟。

不，这类事情她让给那些心急的父母和教师去做（有些人说他们不但心急，而且懒惰）。这些父母和教师总是不肯给孩子们公平的仲裁，就如同孩子们自己指望那样，要求那样。他们总要吓唬小孩子招供自己的错误，甚至为了使他们招供，先把他们揍一顿。这种方式是极其卑鄙的犯罪行为，现在已经谁都不许用了。然而他们说："我们教孩子走的都是正路，可是等他们长大时，是他们自己不肯走呀。"这种打人、逼人、吓人、问口供的方法恐怕不但孩子们不应当受，就是一匹小马，如果你要驯服它成为一匹听话管用的坐骑，你也不能用这一套来对付它啊。

有这些缘故，所以罚恶仙人对这件事一字不提，便是在第二天汤姆和其余的孩子一同来领糖果时，她也不提起。【阅读能力点：惩恶仙人会怎么做呢？我们都很好奇。】汤姆非常害怕来。可是他更加害怕自己不来，不来的话，因为糖果早已被他吃光了。所以他很害怕仙人问起谁把糖果吃掉了。

可是，看呐！仙人拿出来的糖果还是和平时一样多，这使汤姆更加害怕了。

等到仙人正眼望着汤姆时，他浑身都抖起来，可是仙人仍旧跟对其他孩子一样分给他糖果，于是他心里想，仙人是不会发现他的事情了。

可是，当他把糖果送进嘴里去时，他觉得很难吃，而且觉得要吐，他不得不赶快走开。从这时起，整整一个星期，他都非常不舒服，很郁闷，而且脾气很坏。

接着，第二个星期来了，他又领到他的一份糖果；仙人又正眼望着他。可是仙人脸上的颜色看上去比平时更加忧郁。汤姆仍旧吃不下糖果，可是勉强吃了下去。【阅读能力点：惩恶仙人没有对汤姆采取任何惩罚措施，但是汤姆自己觉得很郁闷，日子过得很不好。】

等到福善仙人来时，汤姆也想和其他的孩子一样得到抚爱。可是福善仙人非常严肃地说："我很愿意抚爱你，可是我没有法子抚爱你，你身上全是尖刺啊。"

汤姆低头望望自己，身上果然长满了尖刺，就像海胆一样。

现在汤姆除了走开，躲在角落里哭泣之外，还有什么办法呢？因为没有人能够跟他玩了，而且他知道是什么缘故。

这一个星期他一直非常之难受，所以等到丑仙人到来，仍旧那样正眼望着他，但是比以前更加严肃、更加忧郁。这时汤姆再也忍不住了，他把糖果扔掉，说："不，我不要吃糖果，我现在再也吃不消糖果了。"可怜的孩子，他当时就放声大哭起来，把自己偷糖果的事一五一十告诉了仙人。

他说完之后，心里非常害怕，满指望仙人会狠狠责罚他。可是仙人不但没有责罚他，反而将他抱起来吻了一下。仙人的下巴原很粗糙，这一吻实在并不好受，可是汤姆的心情寂寞已极，这样粗糙的一吻终究比没有好。

"我原谅你，小家伙，"仙人说。"只要人肯自动讲出真话，我总是立刻原谅他们的。"【阅读能力点：只要勇于承认自己的错

误，就可以被原谅，这也是我们需要知道的道理。】

“那么你肯给我除掉这些可恶的尖刺吗？”

“那完全是另外一回事。你自己弄上的，只有你自己能有去掉。”

“可是我怎么样去掉呢？”汤姆问，重又哭起来。

“啊，我想你是到了上学的时候了，所以让我给你找一位女教师，她会教你怎样去掉身上这些刺。”说完仙人就走了。

汤姆一想起女教师就害怕。他想这位女教师一定会带了戒尺或者棍子来。可是想到后来又安慰自己，觉得她也许和凡谷的那位老妇人差不多。哪知道这位女教师和凡谷的老妇人大不相同。那天仙人带她来时，原来是一位非常美丽的小姑娘，颈后披的长卷发就像金黄的云，长衣飘飘就像银丝的一样。

“这就是汤姆，”仙人说，“得教他学好，不管你愿不愿意。”

“我知道，”小姑娘说。可是她好像并不怎么愿意似的；她把自己的指头放在嘴里，低头窥望着他，因为她自己觉得非常难为情。

小姑娘好像简直不知道怎么着手。如果不是汤姆放声大哭起来，哀求她教他怎样学好，并且帮助他治好自己身上的尖刺，她也许永远不会着手呢。可是她看见汤姆一哭，心就变得温柔起来，就开始按照世界上教小孩子的方法教起汤姆来。

到底小姑娘教给汤姆什么呢？首先，她教给他从小学过的那些东西，从你在母亲膝头上开始祈祷的时候起。不过她教汤姆教得简单得多。因为在汤姆的世界里，功课不像这个世界上的功课有许多生字，所以那些水孩子都比你喜欢自己的功课，而且都渴望多多的学习。

她就这样天天教汤姆，只是星期日回家去，由仙人来代替她。她教了汤姆没有多少星期，汤姆身上的刺就消失得差不多了，他的皮肤又变得光滑干净了。

“啊呀！”小姑娘说，“怎么，我现在认识你了。你就是那个跑我卧室里来扫烟囱的小孩啊。”【阅读能力点：穿着白衣服的小姑娘以另一种身份出现了，而且认出了汤姆。】他跳到她面前，满想上去拥抱她，吻她。可是他没有拥抱她，吻她，因为他想起她是一位高贵小姐，所以只是绕着她跳跃，绕了又绕，一直跳到自己筋疲力尽为止。

这时候，两人都各自谈起自己的遭遇。汤姆是怎么落水的，她是怎么从石头上跌下的，他是怎样游到海里来的，而她是怎样从窗子里飞出来的。这样，那样，以及其他，一直把话讲完了为止，然后又从头讲起，两个人到底哪一个讲得最快，我也说不出。然后他们又做起功课来。现在两个人都非常喜欢这些功课了。所以就继续做下去，不知不觉过了整整七年。

你也许当作汤姆在这七年中一定很知足，很快乐了，可是事实并不然。他心里总放不下一件事情，那就是：每逢星期日小爱丽回家去时，她到底上哪里去呢？【阅读能力点：事情到了这里，又出现了其他问题，这回又是什么问题呢？】

据她说是去一个美丽的地方。

可是这个美丽的地方究竟什么样子呢？在哪里呢？

啊！这恰恰是她讲不出的。而且奇怪的是，的确如此，谁也说不出。连常常去那里的人，甚至最靠近它的人，也一点讲不出，也不能帮助人家想象它是什么样子。这个地方（后来汤姆也去了）住了不少的人，他们自命知道这地方的东西南北，就像邮递员一样。可是他们全安安稳稳住在那边，离这里有九万九千九百九十九万英里远，他们的话和我们又有什么相干呢？

可是那些真正去过的好人、圣人、智人、自我牺牲的人，却一点告诉不了你什么，只能说它是世界上最美丽的地方。你如果追问下去，他们就变得谦虚起来，一声不响，怕被人家嘲笑；他们这样做是对的。

善良的小爱丽因此只能够说，它比所有的世界加起来都还要好。这样一说，汤姆当然更加急于想去了。

"爱丽小姐，"他终于说，"我一定要知道为什么每逢星期日你回家去的时候，我不能跟你一起去。你不告诉我，我就不得安静，也不给你安静。"

"你得问仙人去。"

因此，等到下一次罚恶仙人来时，汤姆就向仙人问起这事。

仙人说："那些只配和海中动物玩耍的小孩子没法去的，去那里的人一定先要上他们不喜欢去的地方，做他们不喜欢做的事，帮助他们不喜欢的人。"【阅读能力点：要想得到就要有付出，这就是仙人要说明的道理。】

"怎么，爱丽这样做过吗？"

"你问她去。"

爱丽的脸红了，她说："是的，汤姆。我起先就不喜欢到这儿来；我在家里快乐得多，因为家里天天都是星期日。而且我起先很怕你，汤姆，因为，因为……"

"因为我浑身都是刺，是吗？可是我现在没有刺了，是不是，爱丽小姐？"

“现在没有了，”爱丽说。“我现在很喜欢你了，而且我也喜欢上这里来。”

“或者你也学学爱丽那样，”仙人说，“喜欢到你不喜欢去的地方去，并且帮助一些你不喜欢的人。”

可是汤姆把指头放在嘴里，头一低下去。他还不明白这中间的道理。

当福善仙人来时，汤姆就问她。在他那个小头脑想来，她不像他姐姐那样严厉，或者她会给自己一些方便。

汤姆啊，汤姆啊，你这个蠢家伙！然而我不懂得为什么我要怪你，因为有许多大人的脑子里也是这样想法啊！

可是，当他们想摸底时，他们得到的回答恰恰和汤姆一样。那个福善仙人回答汤姆的话就和先前一个回答的一样，一个字也不差。【阅读能力点：理想是美好的，现实是残酷的，汤姆想投机取巧的希望破灭了。】

这使汤姆非常不快活。等到星期日爱丽回家去时，他烦恼了一整天，也哭了一整天，全没有心思听仙人讲那些关于好孩子的故事，尽管那些故事比以前讲的还要好听得多。的确，愈是从旁边听这些故事，他就愈加不想听下去，因为这些故事讲的孩子都是做自己不喜欢做的事，替别人辛苦。自己工作来养活小弟妹，而不是一心只顾自己玩耍等等。最后，汤姆再也忍受不住了，就拔起脚来跑掉，躲到石头中间。

当爱丽回来时，他对她就有点畏缩，因为他觉得她看不起他，认为他是个懦夫。后来他就非常生她的气，觉得她比自己强，能够做自己不能做的事。可怜的爱丽弄得很诧异，很伤心。终于汤姆放声大哭起来，可是他不肯说出他真正的心事。原来这一向汤姆一直抱着好奇心，急于想知道爱丽上哪里去，因此他开始对自己的伴侣，或者海里游玩的地方，或者任何其他东西，都失掉兴趣。他对周围的事物感到极端不满，弄的既没有心思待下去，也没有心思考虑自己去哪儿。

终于他说："唉，我在这里太不开心了，我要走，只是要你跟我一起走。"

"啊！"爱丽说，"我巴不得能够跟你一起走。可是糟糕的是，仙人说过，你万一要去的话，只能一个人去。唉，你不要捣那个可怜的螃蟹呀，汤姆（汤姆这时觉得自己很淘气了），不然的话，仙人又要责罚你呢。"

汤姆几乎要说："她责罚我，我也不在乎。"可是话没有出口就忍着不说。

"我知道她要我做的事，"他说，说时哭得非常伤心，"她要我去找一个可怕的老葛林。我不喜欢他，这是肯定的。如果我找到他，我知道，他就会把我又变作一个扫烟囱的小孩。我心中一直害怕的就是这个。"【阅读能力点：汤姆说出了自己最害怕的事情，怕自己恢复到原来的生活，这是他无法忍受的。】

"不，他不会，这个我倒知道。一个人只要学好，没有人能够把水孩子变成扫烟囱的，也不会伤害他。"

"啊，"顽皮的汤姆说，"我懂得你的意思了。你是始终劝我走，因为你讨厌我了，你要打发掉我，"

小爱丽听到这话，眼睛睁得老大的，两个人都要哭出来。

"哦，汤姆，汤姆！"她说，非常伤心的样子。接着又叫道："汤姆，你在哪里啊？"

汤姆也叫道："爱丽，你在哪里啊？"

原来两人已经互相看不见，一点儿看不见。小爱丽完全失踪了。汤姆听见爱丽喊他的声音，声音愈来愈远，终于完全没有声音了。

再没有人比汤姆吓得更厉害了。他在石头中间游来游去，比他以前游得快得多，可是找不到她。他大声叫她，可是她没有回答。他问所有的孩子，可是他们全都没有看见她。

最后，他游到水面上，开始叫喊福善仙人起来，可是仙人不来。后来他就又哭又喊罚恶仙人的名字，大约是除此也无别法，他果然立刻来了。

“唉！”汤姆说，“天呐，天呐！我刚才对爱丽太顽皮，我把她害死了，我知道我把她害死了。”

“并没有害死，”仙人说，“不过我已经送她回家了，而且不知道什么时候才能回来呢。”

汤姆听了这话哭得更伤心起来，连海水都被他的眼泪淹得涨起来，所以这一天的潮水比前一天的高出一英寸的零点三九五四六二〇八一九。不过也可能是由于月亮满了一点的缘故。【写作借鉴点：诙谐的语言将汤姆的伤心表现得淋漓尽致。】

“你把爱丽送走真是太残忍了！”汤姆呜咽着说，“可是，我一定要重新找到她，便是走到天边也要找到她。”

仙人并没有打汤姆，也没有禁止他说话，反而温和地把抱在膝上，就像她妹妹那样，并且提醒他这并不能怪她，她是像表一样，内里开足了发条，有些事情不管她愿意不愿意都得做，接着有告诉他，说他在托儿所已经待得太久了。如果他打算有一天要做大人的话，他得趁现在出去看看世界了。他得一个人去，就跟古往今来所有的人一样，用自己的眼睛去看，用自己的鼻子去嗅，自己睡的床自己来铺，自己玩火烧自己的指头，接着她又告诉他，世界上有许多好东西可以见到。在世界上，一个人只要相当勇敢，相当老实，相当学好，就会发现世界是个古怪的，但是快乐的、有秩序的、有礼貌的、管理得良好的世界。总起来说（这也是意料中事），是个成功的世界。后来她又告诉他，不要害怕碰见任何东西，只要他记着自己学过的功课，做自己认为是正派的事情，任何东西都不能伤害他。【阅读能力点：惩恶仙人用一个小孩可以理解的最朴实无华的语言，去鼓励汤姆一个人出去闯闯，从而成为一个大人。】可怜的小汤姆被她安慰了这半天，终于很巴望去了，而且要即刻动身。

“不过，”他说，“在动身之前，能够见爱丽一面就好了。”

“你想这个做什么？”

“因为……因为如果我知道她能原谅我，我就会快活得多了。”

一眨眼的工夫，爱丽已经站在他的面前，微笑着，而且样子非常快乐，汤姆禁不住想要上去吻她，可是又怕这样做不成体统，因为她究竟是一个小姐啊！

“我走了，爱丽！”汤姆说。“便是走到天边，我也要去。不过我一点不愿意走，事实就是如此。”

“啧！啧！啧！”仙人说，“你会很愿意的，你这个小混蛋，而且你肚子里满知道。可是如果你不愿意的话，我会使你愿意。你这儿来，看看那么只顾随心所欲（欲：想要。随着自己的意思，想要干什么就干什么。）的人的下场。”

仙人在石缝中间有各式各样的神秘的橱，这时从一口橱取出一本非常神奇的防水书，里面满是你没有见过的照片。原来她远在一千三百五十九万八千年前（这是事实），谁也没有出世之前，就已发明了照相术啦。不但如此，她的照相不但像我们的照相有光暗深浅，而且还有颜色，各种颜色都有，就像你看见的黑雄鸡的尾巴，或者蝴蝶的翅膀一样，或者许许多多的颜色或者能够有颜色的东西。因此，她的照片非常特别，也非常有名。只要把书打开，孩子们都兴高采烈地看。

在这本书的第一页上写着："逍遥国历史，这个伟大而出名的国家是从勤苦国分出来的，因此这些人都想成天弹琴。"

在头一张照片里，他们看见这些逍遥国人住在现成州的土地上，就在乐天山脚下。山下到处生的懒果。

他们生活得很像古代住在西西里岛的那些快乐的希腊人，就像古瓶上画的那样。事实上，他们这样生活好像很说的过去，因此他们并不要工作。

他们不住房屋，都住在美丽的岩洞里，每天在温泉里洗三四次澡。至于衣服，因为天气非常温暖，所以男子跑来跑去都只戴一顶尖帽子，穿一条短裤或者类似的轻便的披挂。女人都是在秋天（秋天他们懒得稍为好些）采集些蜘蛛网来做她们的冬衣。他们都非常喜欢音乐，可是学钢琴或者小提琴都嫌太麻烦。至于跳舞，那未免做来太吃力了。因此他们整天都坐在蚂蚁山上，弹着琴。如果蚂蚁咬到他们，他们只是起身搬到旁边的蚂蚁山上去，再咬就再搬。

他们坐在懒果树下，等那些懒果落到自己嘴里。他们坐在葡萄树下，把葡萄挤汁吃。等到小猪烤熟了时自己跑来，说"来吃我吧"（在逍遥国就是这种吃法），他们就张口等小猪碰到自己的嘴时咬一下，就心满意足了。

他们从来不需要兵器，因为从来没有敌人走近他们的国土。他们不需要工具，因为一切都是现成的，拿来就用。而且那位严厉的生计老仙人也从来不走近他们赶他们起来，或者逼他们用脑力，或者取他们的性命。

就是这样，世界上从来没有过这样一个舒舒服服，逍遥自在的民族。

“呀，这才是快乐的日子呢！”汤姆说。

“你觉得这样吗？”仙人说。“你可看见后面那座大山峰吗，”仙人又说，“山顶上冒着烟的？”

“看见了。”

“你还看见附近地下那些灰烬和火屑吗？”

“看见。”

“那么你翻翻后五百年，看看怎么一回事。”

这一看可不得了，山峰像火药桶一样爆发了，接着沸腾得像开水壶一样。这一来把三分之一的逍遥国人都炸得飞上天，另外三分之一炸成灰烬，只有三分之一的人剩下来。【阅读能力点：事情总是有因果关系的，有了前面的因，才能酿成后面的果。】

“你看，”仙人说，“住在火山上的人就得到这样结果。”

“呀，你为什么不警告他们呢？”

“我也曾尽力警告过他们。我把烟从火山口里引出来，有烟的地方总是有火的呀。我而且到处洒满灰烬和火屑。只要有火屑，就可能再有火。他们编了一段神话（我敢说并不是我讲给他们听的），说这些烟是一个长人吐的气，是什么神当年将他埋在山下面的。那些火屑是什么矮人烤小猪撒下的。还有其他荒唐的话。碰到这样的人，我就没法教训他们。除非用棍子狠狠打一顿。”

接着她又翻了五百年，看见那些参与的逍遥国人仍旧像从前一样随心所欲地过活。他们非常懒，都不肯离开火山。因此他们说：“火山既然喷发过一次，那么就更理由说它不会喷发第二次了。”

他们的人少了，可是他们只说，“人多热闹，人少好过。”可是这并不是事实，因为所有的懒果树都烧死了，而且所有的烧猪都被他们吃光了，这些烧猪自然不能指望生出小猪来。因此他们不得不生活得很艰苦，用树枝扒地里的草根和干果吃。有些人谈起种稻子的事，就像他们的祖先没有来现成州之前经常做的。可是他们已经忘记了怎样制造耕犁（这时他们甚至连怎样做琴也忘记了），而且多年前从勤苦国带来的稻种也都吃光了。如果说再要离开本土去找稻种，那当然太麻烦了。因此他们都靠草根和干果度日，生活得很苦，瘦弱的小孩都得了大肚病，接着就死掉了。

“唉，”汤姆说，“他们变得和野人差不多了。”

“你再看看那他们变得怎样。”爱丽说。

“是啊；当人类没有烧牛肉和果子蛋糕吃，单靠少量的蔬菜生活时，他们的下巴就变大了，他们的嘴唇也变粗了。”

于是她又翻过五百年。这时他们全住在树上，在树上做巢来躲避风雨。树下面有许多狮子在觅食。

“噢，”爱丽说，“这些狮子好像吃掉许多人了，现在人少得多啦。”

“对的，”仙人说，“你看只有最强壮和最敏捷的人能够爬上树去，所以只有他们能够逃脱性命，保存性命。”

“可是他们都有阔肩厚背，多么雄壮的家伙啊，”汤姆说，“我从来没有看见过这样粗暴的人呢。”

“是的，他们现在变得非常强壮了。那些女子除掉最强壮最凶猛的男子全都不嫁，因为只有他们能够帮助她们爬上树去，逃出狮子的灾难。”

她又翻过了五百年。在这里，他们的人数更少了，也变得更加强壮凶恶。可是他们的双脚的形状变得非常古怪，能够用大脚趾钩着树枝，就好像手指一样。

两个孩子看了都非常诧异，就问仙人是不是她做的事。

“也是，也不是，”他微笑说。“因为只有那些能够运用自己脚如同运用手一样的人才活得了，或者才能娶到妻子，所以他们就占到这种种便宜，让其余的人都饿死了。这样，剩下来的人就经常保持一种大脚趾像大拇指的纯种。”

“可是他们里面有一个身上有毛呢。”爱丽说。

“啊！”仙人说，“这人将是他这时代的伟人，而且是各个部落的酋长呢。”

当她又翻过五百年时，果然就如仙人说的那样。

原来那个毛酋长生了许多毛孩子，这些孩子又生出毛更加多的孩子。于是人人都愿意嫁给毛丈夫，而且生育毛孩子。那时气候已经变得非常潮湿，只有毛人能够活得了。其余没有毛的人都伤风咳嗽，喉咙发痛，男的女的没有等到成年，就都得了痨病。

仙人又翻过五百年。里面的人更少了。

“怎么，这里有一个在地上找树根吃呢，”爱丽说，“他已经不能直起身子走路了。”

他的确不能；就同他们的脚变了形状一样，他们的脊背也变了形状了。

“怎么，”汤姆叫，“我敢说他们是猿猴啊。”

“像得无以复加，这些可怜的蠢东西啊，”仙人说。“他们现在已经变得十分愚笨，他们的脑子已经简直不能思想了。这是由于他们几百年几千年来都没有动过脑筋的缘故。他们也几乎忘记怎样说话了。原因是，父母学到的语言，每一个愚蠢的儿童都要忘掉一点，而且有没有本领自己创造新语言，不但如此，他们全都变得非常凶恶、野蛮、多疑，所以全互相不开口，各自在黑暗的森林里生闷气，谁都听不见对方的声音。所以到后来，他们简直忘掉了什么叫语言了。恐怕他们不久就要变成猿猴了。这都是由于他们只做自己喜欢做的事情，才弄到这种地步。”果然，再过五百年，他们全都死尽了，有的由于食物不良，有的被野兽吃掉，有的被猎人杀掉，只剩下一个身材高大的老家伙，下巴长得就像皮鞋，站在那里足足有七英尺高。一位名狩猎家走来，看见他站在那里一边怒吼，一边捶打自己的胸膛，就给了他一枪。这时他想起他的祖先从前也是人类时，就打算说：“我不也是人，也是同胞吗？”可是他现在已经忘记运用自己的舌头了。接着他又想起请医生，可是他忘掉医生叫什么。因此他只能喊一声“呜布布！”就死掉。

这就是那个伟大而快活的逍遥国的结局。汤姆和爱丽把书读完时，两人的脸色都非常凄惨，非常庄严。【阅读能力点：凄惨的结局震撼了汤姆和爱丽，也引起了读者的深思。】

“可是你难道不能拉他们一吧，不让他们变成猿猴吗？”

“开头我可以，亲爱的。只要他们肯像人类那样，做自己不喜欢做的事，我可以救他们。但是他们等得愈久，愈是像那些不会说话的动物那样，只肯做自己喜欢做的事，他们也愈加变得愚蠢和笨拙。终于变得无可救药（药：治疗。病已重到无法用药医治的程度。比喻已经到了无法挽救的地步。），因为他们已经放弃用脑子想了。使我长得这样丑的就是这类事情，我真不知道几时才变得美呢。”

“他们现在在哪里？”爱丽问。

“恰恰就在他们应该在的地方，亲爱的。”

“是啊！”仙人又庄严地说，一半在自言自语，同时把书合上。

“现在有人说我能够把野兽变成人。嗯，他们这样说也许是对的。不管他们的祖先是谁，他们现在总是人了。因此我要劝他们就要像个人，照人那样做事。可是让他们也记着这一点，就是什么事情都有他的两面，有进化，就可以有退化。如果我能把野兽变成人，我也就可以把人变成野兽。小汤姆，你就有一两次几乎变成野兽呢。说实话。如果你不下决心去走一趟，看看世界，我就不敢保你会不会结果变成池子里的一条水蜥呢。”

“天呐！”汤姆说。“我还要快些，我立刻就走，便是到天边也去。”

【学习要点】

每个孩子都会有一些自以为的小聪明，汤姆也一样，所以他偷了仙人的糖果，结果没有受到半点惩罚，一切照旧，但汤姆却觉得很难受，他主动承认了错误，却变得满身是刺。后来经过小爱丽的帮助变了回来。接着经过仙人的教导和鼓励决心出去走一趟。

【读品悟】

汤姆偷了仙人的糖果，结果没有受到半点惩罚，这也是惩恶仙人的高明之处，她给予的惩罚是汤姆内心的煎熬，其实比实际的打骂更让人难受，还不会让人有机会反抗。当汤姆逐渐习惯了现在的生活，仙人却鼓励他出去闯闯，在他非常不情愿的情况下，以故事的形式给他讲了堕落的后果是多么严重，从而使他下定决心走出去。

【思考探究】

1.汤姆变得满身是刺，是谁帮助他恢复了原来的样子?

2.仙人提醒汤姆，如果他一直这么悠闲、无所事事地过下去，结果可能变成什么?

第七章

名师导读

汤姆动身去找葛林先生了，他在途中遇到了什么困难？他是如何解决的呢？

“现在，”汤姆说，“我就准备走了，就是到天边也去。”

“啊！”仙人说，“这才是个勇敢的好孩子。可是如果你要找葛林先生，你得走得比天边还远，因为他是在天外天。你得先到光辉城，穿过那从不打开的白城门，然后到达和平地，和护持婆婆港。这个护持婆婆港就是善良的鲸鱼临死时去的，从那里，护持婆婆就会告诉你上天外天的路，你就可以找到葛林先生。【阅读能力点：从仙人的话语中，预示了汤姆寻找葛林先生的路途遥远，以及困难重重。】”

“天呐！”汤姆说，“可是我不认识上光辉城去的路，也不知道这地方在哪儿啊。”

“小孩子们不能怕麻烦，一定得自己去问路，不然的话，他们就不能长大成人。因此你得去问海中的动物和天上的飞禽。只要你好好对待它们，它们里面有几个就会告诉你上光辉城去的路。”

“哦，”汤姆说，“这条路程很长，所以我还是立刻动身吧。再见了，爱丽小姐。你知道我已经长成个大孩子了，所以我得到世界上去阅历一番。”

“我知道你得去，”爱丽说，“可是你不会忘记我的，汤姆，我将等你回来。”

她和汤姆握手，说了再见。汤姆又想要吻她。可是想到她是个小姐，觉得不大礼貌，因此他就答应不会忘记她，不过由于他一脑子就是去游历世界，所以不到五分钟已经忘记得干干净净，可是他脑子里虽然忘记她，他的心好在并没有忘记她。一路上，汤姆都向海中的动物和空中的飞禽问路，可是没有一个认识上光辉城的路。是什么缘故呢？原来他仍旧太远在南方了。

后来他碰见一条船，比他过去见过的船都要大得多，那时一艘雄伟的海轮，船后面拖着长长的一条黑烟。汤姆弄不明白它为什么没有帆也能航行，就泅近看看。一群海豚正在追逐着汽船，在它周围绕来绕去，所以船前进一英尺，它们倒要游三英尺远。汤姆问它们可知道上光辉城的路，它们都说不知道。后来他想研究这船怎么走动的，就发现它原来有个螺旋推进叶。他高兴得不得了，在船尾底下玩了整整一天，几乎被推进叶把自己的鼻子打掉，这才想到该是起身的时候了。【阅读能力点：汤姆还没有改掉自己爱玩的天性，但是好在他没有忘记自己的目标。】他随即窥见甲板上的水手，还有妇女们，戴着风帽，拿着小伞。可是甲板上的人一个也看不见他。

后来船尾甲板上来了一个美妇人，穿着深黑的寡妇孝服，手里抱着一个婴孩。她倚在后船舷上，频回头眺望远处的英格兰，一面望，一面唱歌：

“柔和、柔和的风儿从芬芳的南方吹来，
载着白银色的云飘过夏日炎炎的大海；
用你露湿的手指将稀薄的云丝织线穿梭，
做成五色的云帔来覆庇我的孩子和我。”

她的歌声又轻又低，而且音调非常美妙，汤姆觉得自己简直可以整天听下去。可是这时她正抱着孩子倚在栏杆上，指给他看海豚在水中跳跃，和船尾激荡的还水，这一来汤姆就被他瞧见了。汤姆非常肯定孩子瞧见他，因为两人的眼光碰上时，孩子笑了，并且伸出手来。于是汤姆也向他笑，并且伸出手来。那孩子在妇人怀里又踢又跳，像是要跳到水里救他似的。

“你究竟瞧见了什么，乖乖？”妇人说。她的眼睛顺着孩子望的方向望去。终于也瞧见汤姆在下面水花中游泳着。

她吓得发出一声尖呼，接着又很安详地说：“海里的孩子吗？啊，也许这是孩子们最快乐的去处呢。”她向汤姆招招手，又叫道：“等一等，小乖乖，稍微等一等；也许我们母子也同你一起去，得到安息吧。”【阅读能力点：从开始的恐惧到接受，再到希望变成和水孩子一样，将妇女的心理变化展现得淋漓尽致。】

这时候，一个全身穿黑的老保姆上来和她说话，就拖着她进去了。汤姆也转身向北方游去，又悲哀又弄不明白。他望见汽船在暮色中消失掉，船上的灯光一个个亮起来，又一个个隐去。那道长烟也在暮色中愈来愈淡，终于一点儿也望不见了。

汤姆向北游去，游了一天又一天，后来遇见一条鲱鱼王，鼻子上长了一柄马梳，嘴里含了一条小鲱鱼，算是雪茄。汤姆问它上光辉城去的路；它把小鲱鱼竖了起来，说：“小爷，我如果是你的话，我就上独孤礁去问那位仅存的大海鸦去。她出身于一个很老的部落，几乎和我的家世一样老。她跟许多老旧家的太太们一样，有许多事情这些新兴的暴发户不知道的，她都知道。”

汤姆问它怎样一个走法，鲱鱼王善意地一一告诉了他。它原来是那种旧式的老绅士，很懂得礼貌，不过相貌长得十分丑陋，而且服饰也古怪，就像那些经常在俱乐部窗子口消磨时间的老古董一样。可是当汤姆谢过了它，正打算动身时，它又在后面喊他："我说，你可会飞吗？"

"我从没有试过，"汤姆说，"怎么样？"

"因为，如果你会飞的话，我劝你在那位大海鸦老太面前最好一字不提。这话你记在心里，再见。"【写作借鉴点：深深的疑惑扎根在了读者心里，为下文剧情的发展埋下了伏笔。】

汤姆游了七天七夜，最后碰见一片极大的鳕鱼群，那种景象是他从来没有见过的。总有几万条大鳕鱼潜伏在水里，终日吞吃着贝壳；另外有几百条青色的鲨鱼在水上游来游去，鳕鱼一游上来就被它们吞下。从古以来，它们就这样吃来吃去，相互吞吃，人类至今还没有来捕捉它们，他们从没有发现护持婆婆的宝藏是如此的丰富啊！

就在这里，汤姆见到了那只仅存的大海鸦，独个儿孤零零站在独孤礁上。她是一个神气十足的老太太，足足有三英尺高，而且身体笔挺，就像某些高原部落的老族长一样。她穿了一件黑丝绒的长袍、白帽子、白围裙，鼻梁非常高，架了一副白边眼镜，那样子看上去非常古怪；原来这是她家的老排场。

她没有长翅膀，只长了两只有羽毛的胳臂，自己用来当扇子，同时尽是埋怨天气太热；她嘴里不断地哼着一支古歌曲。这是她多年前自己还是一只雏鸟时学会的：

"两只小鸟，坐在石头上，
一个游走了，一个在悲伤；
和一个可怜的老太太。
那一个也游走了，一个也不剩，
只剩下石头清清冷冷；

和一个可怜的老太太。”

原文是“飞走了”而不是“游走了”，可是，由于她自己不能飞，所以她有理由改一下。总之，这支歌由她来唱非常适合，因为她自己也是个老太太啊。【阅读能力点：再次强调了她不喜欢会飞的东西。】

汤姆恭恭敬敬走到她面前，鞠了一躬。她第一句话就问：“你有翅膀吗？你会飞吗？”

“天呐，不会的，太太。这类事情我想也不会想到。”狡猾的小汤姆说。【阅读能力点：大惊小怪的语气，道出了汤姆的狡黠和人情世故的一面。】

“那么我非常荣幸能和你交谈，乖乖。这些时候，能看见没有翅膀的东西真是令人耳目一新（耳目：指见闻。听到的、看到的跟以前完全不同，使人感到新鲜。）。真是的，目前它们全都非要有翅膀不可了，包括所有的新发家的鸟儿，而且要飞翔，它们要飞，要提高自己原来的地位，到底为了什么呢？在我的祖先那些年代里，没有一只鸟想到要有翅膀过，而且没有翅膀也过得很好。现在它们看见我严守着老一套都在笑我。怎么，连那些下流胚子海燕和海雀，它们实在是可怜到极顶的小东西，也长起翅膀来了。还有我那些表亲北极鸟也是如此。它们都是好人家出身，应当自己尊重些，何必去模仿那些不如它们的呢？”

她就这样滔滔不绝（滔滔：形容流水不断。像流水那样毫不间断。指话很多，说起来没个完。）讲下去，使汤姆连话都插不进。总算老太太讲得上气不接下气，自己又扇起来，汤姆才得空问她可知道上光辉城怎样走法。

“光辉城吗？还有谁比我更清楚的？几千年前，我们全是从光辉城来的。几千年前，那时的天气相当凉爽，正适合上流人士的胃口。可是现在天气是这样热，再加上这些下流的长了翅膀的东西飞上飞下，碰到什么就吃，连女士们的打猎也被它们捣乱掉了。一千年前，那些人远远在一英里之外望见你，就会避开的。现在，不论你出去觅食，或者离开这块礁石，就有撞见这些人的危险。我说到哪儿去了？怎么，乖乖，我们的日子真正是一天不如一天了，现在除掉姓氏之外，什么也没有了。我是我家里最后剩下的一个。当我年轻时，我和我一个朋友一同来到这块礁石上住下，为的不要再撞见那些下流东西。过去我们是个大国，所有北方的岛屿都被我们布满了。可是人类拼命射击我们，敲我们的头，取我们的蛋。唉，说来也许你不相信，他们说沿拉布拉多海岸，那些水手时常在礁石上放一条木板搭在他们叫做船的上面，就这样把我们成几百地赶上船。赶得我们一堆堆全跌进船中间去；然后大约就把我们吃掉，那些可恶的家伙！咳，可是。我又讲到哪儿了？最后，我们的家族就一个也不剩了，只有海鸦峰上面还有些。便是在那里，我们也不能安身。有一天，那时我还是个年轻的女孩子，地摇动起来，海水沸腾起来，天变得乌黑，空气里充满烟气和灰尘，那座大海鸦峰一下就坍在海里。那些海燕和海雀当然飞走了。可是我们太骄傲了，不屑这样做。有些跌得粉身碎骨（身体粉碎而死。比喻为了某种目的或遭到什么危险而丧失生命。），有些淹死了。剩下的逃到爱尔地，后来海雀告诉我们，它们现在也全都死掉了，说是原先紧靠近大海鸦峰的地方又升起一座大海鸦峰来，不过地势低平，住在上面很不安全。因此就剩下我孤零零一个在这儿了。”

这就是大海鸦的身世，听来虽然离奇，句句都是事实。

“你们假如有翅膀多好啊！”汤姆说，“那样你们都可以照样飞走了。”

“说得对，小爷。一个人要不是世家出生，或者能够忘记自己的身份，那有什么不可以做的？那就会跟其余的人一样，做什么都没有关系，在这个世界上还有什么混不下去的？唉，我要是不记挂着自己的身份，我也不会像现在这样孤孤单单。”老太婆叹了一口气，“再过一些时日，乖乖，我也要死了，而且谁也不会哀悼我；那时孤零零只剩下这块礁石了。”

“可是，请问你，上光辉城是怎样去法啊？”汤姆说。

“呀，你得走了，小乖乖，你得走了。我想想看，我敢说，是这样，真的，我这脑子弄得完全迷糊了。你知道，小乖乖，恐怕，你如果要知道的话，你得问问这一带那些下流鸟儿，我已经完全忘光了。”

可怜的大海鸦太太开始哭起来，流了许多清油似的眼泪，弄得汤姆很替他伤心，而且也很替自己伤心，因为他已经再想不起找什么人问路了。

可是这时飞来了一群白尾巴的海燕，它们都是护持婆婆的亲儿女。汤姆觉得它们比大海鸦太太好看得多，想来是会比她好看得多，因为护持婆婆在发明大海鸦和发明海燕这一段时间当中，已经获得不少新的经验了。【写作借鉴点：诙谐幽默的语言使得行文多了许多趣味。】这些海燕像普通黑燕一般浮波逐浪漂过来，两只小脚缩得很玲珑，相互呢喃得非常温柔，使汤姆一见就爱上了它们，就问它们上光辉城去怎样走法。

“光辉城吗？你要上光辉城吗？那么随我们来，我们指点你。我们是护持婆婆的儿女，她派我们周游四海，指引善良的鸟类归家的。”

汤姆满心欢喜，就像大海鸦鞠个躬，游向它们去了。大海鸦也不还礼，身体挺得笔直，流着眼泪，一面唱道：

“只剩下石头清清冷冷，

和一个可怜的老太太。”

可是她这话错了，因为这块石头并不冷清。下一次汤姆经过这里时，他就会看见一种不同的气象了。【写作借鉴点：承上启下句，为下文埋下了伏笔。】

那时大海鸦已经过世，可是有更好的东西代替了她。等到汤姆回来时，他就会看到几百条渔船在这里下锚，有来自苏格兰的，爱尔兰的，奥克尼的，谢德兰群岛的，还有来自北方渔港的，船上满载着那些海中霸王——北方海盗——的子孙。那些人将要用绳索把那些大鳕鱼成百成千地拖上来，直到他们把手臂拉得酸痛为止。他们将要制造鱼肝油和肥料，并且把鱼肉腌起来。一条军舰将要停泊在这里保护他们，礁石上将有一座灯塔给他们照路。你和我也许有一天会上孤独礁去看那夏季海滨的大赛会，捞捉些人家从来没有见过的动物上来。我们将会听见水手夸说这座礁石，因为这儿有着八十公里的鳕鱼阵，给国内所有的穷人都供应食物。

汤姆这时巴不得立刻就动身上光辉城去，可是海燕说不行。它们先得上水禽国去，在那边等待开了水禽大会，然后再动身上远在北方群岛间的夏季孵育场去，在孵育场那边一定可以碰上些上光辉城去的鸟儿。可是他得答应决不泄漏水禽国的地点在哪儿，不然的话，人类就会找到那边去，射杀那些鸟，把它们制成标本，放在蠢博物馆里去，决不会让它们在护持婆婆的水花园里游戏工作，生儿育女下去，而它们本来是应当待在那里的啊。

就因为这个缘故，所以水禽国在哪里谁也不知道。所知道的只是汤姆在那里住了许多天，而且在这期间他见识了一件奇事。他看见岸上兔子穴上面聚集了千百只毛头鸦，就像你在剑桥见到的那种。那些老鸦嘈得非常厉害，所以汤姆就爬上岸去看看是怎么一回事。

他发现这些老鸦正在举行它们每年一度在北方举行的议会。它们里面所有矮胖的演说家都在当众演说；讲话的人都站在一具老年的髑髅上面，算是演讲台。

它们呱啦呱啦地叫，夸耀它们一年中做的那些聪明事情；啄掉多少绵羊的眼睛，吃了多少死牛，吞下多少松鸡，劫走多少松鸡蛋，用自己的尖嘴啄那些松鸡蛋（这是毛头鸦的特有本领）。谈到这里时，老鸦总是非常得意的样子。

终于它们牵来一只从来没见过那样美丽的年轻雌鸦，这时全体都起来攻击，鄙薄她，辱骂她，原因是她没有偷过松鸡蛋，而且竟敢亲口说自己不愿偷蛋。所以根据老鸦的法律，一定要公审她（这些老鸦每年召开国会时，总要想法审些犯人）。这只年轻的雌鸦，黑袍灰巾，站在它们中间，望上去非常驯服，非常清洁，所以它们立刻全都向她吵起来。

她百般向它们辩解，
说她不喜欢吃松鸡蛋；
说她不吃松鸡蛋也还过得了；
说她不敢吃松鸡蛋，因为怕那些看守的人；
说她不忍心吃，因为这些松鸡是那样的美丽、仁慈和快活；
还有许多理由。【阅读能力点：辩解的话语，写出了这只年轻雌鸦的善良。】

但是毫无用处。其他的老鸦全都压在她身上啄她，当时就把她啄死，连汤姆都赶不及救她。那些老鸦觉得这件事做得非常得意，全都飞走了。

你说，这是不是一件可耻的罪行！

可是那些仙人把那只善良的雌鸦拎起来，给了她九套换洗的新羽毛，竟把她变成一只最美丽的乐园鸟，一身绿丝绒的衣服，一条长尾巴，将她送往出产丁香、豆蔻的香料岛上，享受果品去了。

【阅读能力点：雌鸦的结局，预示了“好人终有好报”的道理。】

这时罚恶仙人来找那些坏老鸦算帐了。原来它们飞走时，你想它们撞见什么？是一只可厌的死狗。它们立刻动起手来，又啄，又叫，又呱，又吵，全都饱吃了一顿。可是没有隔多久，全都昂头向天，尖嘶了一声，然后两脚朝天，栽在地上死掉。是什么缘故呢？原来仙人给看守松鸡的人托了一个梦，叫他把死狗的肚子里灌满了砒霜，看守人就照做了。

过了一会儿，水禽国的鸟类开始聚集了，成千上万的鸟儿把天都遮黑了。天鹅、小黑鹅、彩鸭、冰岛的大海鸭和欧洲北部的一种食鱼鸭，雄的头上长有白色大冠的那种。另有一种弯嘴的食鱼鸭、企鹅、大潜水鸥、北冰洋的小海雀、快要绝种的北极海鹅、身长十六英寸的弯嘴鹅。单单翅膀展开就有六英尺长的全蹼大鲣鸟、白尾巴的小海燕、羽毛深暗的大海鸥、细嘴燕鸥和各种叫不出名字来也数不清数目的海鸥。它们在沙滩上划水、溅水、洗浴、修翎、剔羽。掉落的羽毛把沙滩都铺白了。它们喳喳、啯啯、喃喃、唧唧、吱吱、喔喔，跟自己的朋友商量事情，决定今年夏天上哪儿去孵雏，那片嘈杂声便在十英里外也听得见。所幸的是这儿除掉一个住在小河上的看守人能听见它们之外，一个人也没有。这位看守人孤单单一个人住在一所小土屋里，屋顶铺的石楠，再用大石头在屋顶四周系了一圈，以防止冬天的飓风把屋顶掀掉。他从来不去管这些鸟儿，也不伤害它们，因为它们还没有到捕捉的时候。他就是那种在冬天夜里坐在家里织袜子的善良的苏格兰老人啊。只有在所有的鸟儿都要离去时，他才会走出来，向它们脱帽为礼，祝它们一路顺风，并且安全归来。然后他把鸟儿遗下的羽毛全部收集起来，洗干净卖到南方去，做成鸭绒褥子，给那些肥胖的人睡觉。

他们重又上路，终于远远望见詹·马银州的高山，像一只白面馒头一样耸立在云层之上，总有两英里高。

在这里，他们碰到一大群海鸥，正在啄食一条死鲸鱼。“这些家伙可以给你引路了，”护持婆婆的儿女说，“我们不能够带你再向北走了。我们不喜欢走到浮冰中间，怕把我们的足趾冻坏。可是这些海鸥哪儿都飞得去。”

说时，海燕就向海鸥招呼；可是海鸥忙着贪嘴，都在咕哝，你争我啄，抢那块肥肉吃，一点儿不理睬海燕。

“来，来，”海燕说，“你们这群又懒又馋的蠢物。这位年轻的先生要上护持婆婆那儿去，如果你们不照应他的话，护持婆婆就不会释放你们，懂得吗？”

“我们馋是馋，”一只肥胖的老海鸥说，“可是并不懒。至于你们骂我们是蠢物，你们也跟我们差不多。让我们来看看这小伙子。”

它拍着翅膀飞近汤姆的脸，毫不害羞地端详他一阵（原来这些海鸥全是老脸皮，捕鲸鱼的人都知道）就问他从哪里来的，新近见过些什么陆地。

当汤姆一一告诉它时，它好像很高兴，说他是个有胆气的孩子，能够跑这么远的路。

“来吧，孩子们，”它跟余下的海鸥说，“看在护持婆婆的面上，给这个小家伙掀过浮冰去。我们今天肥肉吃得不少了，现在花一点功夫来帮这个小伙子的忙吧。”

于是那些海鸥便把汤姆放在自己的背上，带他飞走了，一面嘻笑，一面开玩笑。唉，它们身上油气味多重啊！

“你们都是谁，你们这些快活的鸟儿？”汤姆问。【阅读能力点：汤姆虽然闻到了海鸥身上很重的汽油味，却没有显露出任何不悦情绪，说明他很懂礼貌。】

“我们都是当年格林兰的船主（水手们全知道的）。几百年前，我们都在这里捕捉脊美鲸和马头鲸。由于我们都粗鲁和贪得无厌，所以把我们变成海鸥，叫我们一年到头吃死鲸鱼肉。可是我们一点不是什么蠢物，我们现在还能驾一只船，驾得比北海一带任何一个人都不差。不过这些新里新气的汽船我们可不赞成。那些刁蛮的小黑燕唤我们做蠢物真是岂有此理。它们不过因为自己是护持婆婆的宠儿，就自以为可以随便骂人。”

“请问你是谁呢？”汤姆问这说话的海鸥，因为看得出它是海鸥之王。【阅读能力点：汤姆很有眼力见，懂得要解决问题，最好的选择是和主事之人谈话。】

“我的名字叫亨利·赫森（十七世纪初的航海探险家，这里讲的关于他的历史全是事实），是一个真正的好船主。尽管我犯了不少过失，我的名字将要永远留在世界上。因为我发现了赫森河，赫森湾的名字就是我起的。经我发现之后，过去许多不敢领头走这条路的人，都跟踪来了。可是我在世的时候是个暴虐的人，这是实在的事。我把印第安人从缅因州劫了来，再贩到维吉尼亚州去给人当奴隶。最后，由于我对待我的水手非常残酷，就在这一带海上，被他们把我放在一条没有篷的小船上送到海里去，从此我就杳无音信（杳：消失，不见踪影；音信：消息，回信。没有一点消息。一点消息也没有，形容失去联系或没有方式联系。）了。我现在是海鸥之王，一直要等到我服刑期满，才能释放。”

这时他们已经到了浮冰边上。从浮冰上远望过去，就能望见光辉城在风雪中了。可怜啊，可怜啊，这些人。他们都有一颗坚贞的英国人的心，而且都像许多武士一样从容就义，就为了寻找那至今还没有打开的白城门。否则自己也要压得粉身碎骨。他而且望见浮冰中间倒着许多沉没的大船。有些船的桅樯还耸立在那里，有些船上的水手在船上冻得结结实实的，这就使他更加害怕了。可怜啊，可怜啊，这些人。他们都有一颗坚贞的英国人的心，而且都像许多武士一样从容就义，就为了寻找那至今还没有打开的白城门。

可是那些善良的海鸥把汤姆和他的小狗背了起来，载着他们飞过那片浮冰和怒吼的冰山，把他们放在光辉城的脚下。【阅读能力点：虽然明明知道没有城门，但是善良的海鸥还是把汤姆送到了光辉城。】

“城门在哪里呢？”汤姆问。

“没有城门。”海鸥说。

“没有城门？”汤姆惊叫起来。

“没有。连一条裂缝都没有。整个城的秘密就在这里，小伙子，过去有许多比你强的人千辛万苦发现的也就是这个。因为如果有门的话，他们现在早已把海里游息的每一条脊美鲸都杀死了。”

“那么，我该怎么办呢？”

“当然从浮冰下面泅过去，如果你有胆气的话。”

“我这么老远跑来，决谈不上回去，”汤姆说，“我这就下水了。”

“小伙子，祝你一路顺利。”海鸥说，“我们早知道你是个好样的。再见吧。”

“你们为何不一同来呢？”汤姆问。

可是海鸥只是哀叫到：“我们还不能去啊，还不能去啊！”就飞过浮冰去了。

汤姆于是只身投进那座还没有打开的白城门下面，在漆黑一团中摸索前进，七天七夜人都在海地下泅泳着。他却一点儿不害怕。他为什么要害怕呢！他是个勇敢的英国孩子，他的目的就是出来见识世界啊。【阅读能力点：为了自己的目标，汤姆选择了勇敢地走下去。】

终于他望见光亮和头上清澈的海水了，就从万丈深的海底浮了起来。许多密密扎扎的海蛾都绕着他的头飞，汤姆就从这些海蛾中间通过。有的蛾子是粉红色的头和翅膀，身体是乳白色，慢慢地拍着翅膀。有的蛾子是棕色翅膀，拍得很快。还有黄色的小虾，连蹦带跳，比任何东西都迅速。还有五光十色的水母，不跳也不蹦，只在那里闲荡，打哈欠，连路都不肯让开。小狗拼命咬这些东西，咬得下巴都酸了，但是汤姆简直不理会它们，一心一意只想泅出水面，好见识一下那些善良的鲸鱼归宿的水池。

原来是个极大的水池，两岸之间隔开不知多少英里。不过空气非常清澈，连对岸的冰山望去也像就在眼前。冰山冰峰耸立在池子四周，有些形成屏障，有些形成尖塔，有些形成堡垒，其中有山洞，有桥梁，有楼阁亭台，都由一些冰雪仙人居住着，经常驱走风暴和乌云，以保持护持婆婆的池子终年晴好。太阳当警察，天天在外面走上一转，在冰城上面窥望一下，看是不是一切如常。有时候也来一套魔术，或者大放花炮，给那些仙人取乐。他会同时变成四五个太阳，或者在天上画了许多白热的圈圈、十字和月牙，自己坐在当中，向着仙人挤眉弄眼。我敢说仙人的确都乐了，因为这个国度里，什么事情都是开心的啊。

就在这一片浓厚得像油的海上躺着那些善良的鲸鱼，那些幸福的瞌睡的大家伙。你得知道，这些都是脊美鲸、脊鳍鲸、刀背鲸、豚鲸和生有长角的浑身斑点的双角鲸。但是那些抹香鲸，因为脾气坏，好吵，好闹，如果护持婆婆放它们进来，这个和平池就一刻不得安静了。因此她把抹香鲸全都押往南极一个大池子里。南极冰天雪地里有一座大火山，叫做爱里帕斯，这个池子就在爱里帕斯山东南方二百六十三英里。那些抹香鲸就在这里用它们丑陋的鼻子你捣我，我捣你，一年到头，日夜不停。

可是和平池这儿只是些善良安静的动物，就像许多单桅船的黑船身一样躺在那里，不时喷出一道道白沫，或者张着大嘴四下游行，等那些海蛾游进它们嘴里去。这儿没有长尾鲛用尾巴来鞭挞它们的背脊，没有剑鱼来刺它们的肚子，没有锯齿把它们的皮肉划开，没有寒水鲛在它们腰间咬掉一块肉，也没有捕鲸人向它们投掷鱼叉和鱼矛。它们在这里十分安全和幸福；只要在和平池里静静地等候着，等护持婆婆召唤它们前去，把它们从旧动物变成新动物。

汤姆游向最近的鲸鱼，问它上护持婆婆那里怎样走。

“她就坐在池子中间。”鲸鱼说。

汤姆纵眼望去，可是池子中间除掉一座高峻的冰山外，什么也望不见。他对鲸鱼这般说了。

“那就是护持婆婆，”鲸鱼说，“你走到跟前，就认得出了。她终年就坐在那里把动物除旧更新呢。”

“她是如何做的呢？”【阅读能力点：听到了护持婆婆做的事情是把动物除旧更新，汤姆又展现了他作为孩子好奇、渴求知识的一面。】

“那是她的事情，与我无干。”老鲸鱼说。它张开打了一个哈欠。因为它长得非常大，这一张开，就是九百四十三只海蛾、一万三千八百四十六只针头大的水母、九码长一串的锤囊虫和四十三只小冰蟹游进它的嘴里。那些小冰蟹相互钳了一下，算是道别，各自把腿缩在肚子下面，决定死也要死得像个样子。

“我想，”汤姆说，“她大约把你这样大的东西切成无数的小海豚吧？”

这话引得老鲸鱼哈哈大笑，把所有的小东西全喷了出来。那些小东西全都游走了，深幸能逃出这个可怕的、有来无回的鲸口。汤姆这边一面自言自语，一面向冰山游去。【阅读能力点：汤姆用他的机智和幽默救了许多的小动物，表现了他的善良。】

等他游近冰山时一看，冰山已经变成一位他从来没有见过的容貌庄严的老太太。一位浑身是白大理石一般的老太太，坐在白大理石的宝座上。从宝座的脚下，有千万种新生的动物游了出来，投进海中去，那些形状和颜色都是人梦想不到的。它们都是护持婆婆的儿女，是她朝朝暮暮（从早到晚，天天如此。）用海水制成的。

汤姆满心指望她一定忙得不可开交，剪裁啊，配样啊，量尺寸啊，缝制啊，补缀啊，码线啊，铿光啊，设计啊，锤铸啊，转动啊，打磨啊，上模子啊，测量啊，雕琢啊，修剪啊，等等，就像人类制造物件时那种派头。

可是并不如此。她只是用手托着下颌，静静坐在那里，两只跟海水一样深蓝的大眼睛凝望着海。【阅读能力点：汤姆的想象和现实形成了强烈的反差。】她的头发一白如雪。她已经很老很老了，事实上，跟你可能碰到的任何古老东西、古老事情都一样老。

当她看见汤姆时，她温和地低头看着他。

“你要什么，我的小人儿？我在这儿好久没有看见水孩子了。”

汤姆告诉她自己到这里来的使命，并且请教她上天外天的路。

“你自己应当知道，因为你已经到过了。”

“我到过了吗，太太？我敢说我已经完全忘记了。”

“你望望我呢？”

汤姆望着她深蓝的大眼睛时，登时完全记起来。

“你看，这奇怪不奇怪？”

“谢谢你，太太。”汤姆说，“这样的话，我就不再麻烦你了。我听说你非常忙呢。”

“我从来没有像目前这样忙过，”她说，连一只指头也不动一下。

“我听说，太太，你一直在把老动物制造成新动物呢。”

“人家都这样设想。可是，乖乖，我并不花怎么大的麻烦去制造东西。我只是坐在这里，让它们自己造。”

“你真是一位聪明的仙人啊。”汤姆想。他这种想法是不错的。

这是善良的老护持婆婆一种绝妙的本领，而且对于那些轻浮的人，也是一种绝妙的回答。这种轻浮的人她过去也对付过好几个呢。【阅读能力点：到底护持婆婆的绝妙本领是什么呢？这勾起了读者的好奇心。】

譬如，过去有一个非常聪明的仙人，发明了怎样制造蝴蝶。我指的并不是那种假造的，而是真正的活蝴蝶，会飞，会吃，会产卵，而且会做一切蝴蝶能做的事情。这位仙人对自己这套本领得意之极，就径直飞到北极来，向护持婆婆夸耀她能够制造蝴蝶。

可是护持婆婆大笑。

“你知道，孩子，”她说，“任何人只要肯花上时间和精力，就能够制造东西，可是没有人能够像我这样，叫它们自己造。”

可是人都不相信护持婆婆聪明到这种地步，要等到他们上一趟天外天之后，才信得过。

“现在，我的美丽的小人儿，”护持婆婆说，“你有把握认识上天外天的路吗？”

汤姆想了一想。啊呀，他已经忘记了。

“这是因为你眼光离开我的缘故。”

汤姆望着她，果然又想起来。然后望开去，立刻又忘记了。

“我这怎么办呢？我总不能够人已经到了别处，眼睛仍旧望着你啊！”

“你没有我也得办，就同许多人一样。你可以望着这条狗。因为它很熟悉这条路，而且不会忘记。还有，你可能会在那边碰见些脾气不好的人，如果没有我给你的这件护照，就不会放你过去，所以你一定得把它挂在你的脖子上，好好当心它。”

汤姆是一个顽强、坚毅、粗豪、方正的小男孩。所以从和平池到天外天的路上，他的眼睛永远盯着那只狗，听它闻闻嗅嗅，登山下谷，不管寒暑，不管晴雨，不管道路平坦或者崎岖。因此一路上从没有走错过，而且看见了从古到今任何凡人都想象不到的许多事情。在下一章里，我还得交代。

【学习要点】

汤姆开始启程寻找葛林先生，他先要去光辉城，途中遇到了大海鸦，见识了众鸦集体惩罚一只善良雌鸦的事情，接着遇到海鸥，并得到他们的帮助到了光辉城门口，并通过自己的努力进去了，后又得到护持婆婆的指引，离开和平池继续前进。

【读品悟】

汤姆途中虽然没有改掉自己爱玩的天性，东游西逛，但是好在他没有忘记自己的目标，继续向前走了。见到众鸦集体惩罚一只善良雌鸦的事情，雌鸦和众恶鸦的结局，给人们以“善恶终有报”的启示。后面与海鸥的相处，可以看出汤姆长大了，成熟了，懂得与人为善了。由于好奇，他明白了护持婆婆的绝妙本领，并谨记她的教导继续前进。

【思考探究】

1. 汤姆闻到海鸥身上很重的汽油味，他的反应如何？
2. 护持婆婆有什么绝妙本领呢？

第八章

名师导读

汤姆继续前行去寻找葛林先生，葛林先生会变成什么样子呢？他又受到了什么样的惩罚？他真心改过了吗？我们去看看吧。

且说汤姆离开和平池之后，随即到达一处万丈深的海底。这儿是伟大海母的抚育站。她整天在这里制造世界的熔浆，给水气巨人去搓捏，给烈火巨人去烘焙，这样就造出些馒头饼子来。馒头升为山岳，饼子升为岛屿。【写作借鉴点：拟人、比喻等修辞手法的运用，将海底的变化生动地展现出来了。】

在这里，汤姆几乎被他们搓在熔浆里面，变成个水孩子化石。那样的话，在千万年后他准可以使新西兰的地质学会大吃一惊。

那时候他正在寂静无声的海黄昏中慢步走着，踏着柔软的白色海底。他耳边听见一片嗞嗞呼呼辘辘轰轰的声音，就好像世界上所有的蒸气机都一齐开动似的。当他走进时，海水变得奇热。这在汤姆还不觉得受不了，可是海水同时变得非常污浊，而且浓厚得像粥一样。一路上，他不断碰上些死蚌、死鱼、死鲨鱼、死海豹、死鲸鱼，都是被海水烫死的。

最后他碰见一条大海蛇，死了躺在地下。蛇身非常粗，连爬都爬不过，汤姆绕了大半英里路才算绕了过来，这使他走了不少冤枉路。等他兜过来时，他走到一处叫“止步”的地方。他无巧不巧就在这里停下。

原来他是站在海底一个大洞穴的边缘上。洞里呼呼喷出许多蒸汽，足可以把世界上所有的蒸汽机同时发动起来。海水非常清澈。汤姆往上望去，几乎可以望见海面，往下望洞穴里面，简直望不见底。

可是当他低头向洞穴内张望时，鼻子就被卵石重重击了一下，吓得他赶快缩回去。原来洞中的蒸汽喷出来时，把洞壁也冲坏了，在海里激起多高的泥浆、沙石和灰尘。这些泥浆、沙石和灰尘向四面散开，重又落下来，很快就把那些死鱼虾掩盖起来。汤姆在那里不过五分钟，一层泥沙已经齐到他的脚踝。汤姆开始怕起来，怕自己要被活埋掉。

也许他真个要被活埋掉了。可是正当他转着念头时，他站的地方整个地拉了出来，朝上刮去，把汤姆在海里喷得有一英里高，真使他弄不清底下会碰上什么。

终于他停下来了。卜通一声，原来自己的腿被一个他从来没有见过的怪物紧紧缠住了。

这个怪物不知有多少翅膀，翅膀都有风磨叶子那样大，也像风磨叶子那样形成一个圆圈。怪物就靠这些翅膀在上喷的蒸汽上翱翔着，有如一只皮球在喷泉上面跳舞一般。每一只翅膀下面都长了一条腿和一只形状像梳子的爪子，在腿根上都有一个鼻孔。中间没有肚皮，只有一只独眼。没有嘴，只像海盘车那样长了许多瘤节，而且全在一边。这真是一个怪物，不过比你可能见到的几十种海生物也奇怪不了多少。

“你是什么意思？”怪物愤愤地叫，“这样挡着我的路？”它想要把汤姆扔掉，可是汤姆紧紧吊着它的爪子，觉得还是这样安全些。

汤姆当即告诉他自己是谁和来这里的使命。【阅读能力点：面对怪物毫无惧色，还能思路清晰，表现了汤姆的成长。】怪物的一只独眼睒了睒，就轻薄地说："我年纪也不小了，这种话骗不了我。你是来偷金子的。我知道你就是如此。"

"金子！金子是什么？"汤姆的确不知道。可是这个多疑的老怪物仍旧不肯相信。

可是过了一会儿，汤姆开始懂得了。原来蒸汽从洞里喷上来时，那怪物便用自己的鼻孔去嗅，同时用自己的爪子去梳扒。这样一来，那些蒸汽通过它的爪子碰上那些翅膀的时候，就化成一阵金属雨。一只翅膀落的是金雨，另一只翅膀落的是银雨，另一只翅膀落的是紫铜，另一只是锡，另一只是铅，由此类推。这些金属雨水全沉进泥浆里面，形成许多矿脉，再凝成固体。那些岩石里藏有许多金属就是这个来源。【阅读能力点：丰富的想象将矿脉的形成描述得生动、形象。】

可是突然间，下面有人把蒸汽关掉了，洞里有这么片刻空空如也，随即海水就灌了进去，形成一道洄漩，就把怪物带得团团转，像个陀螺。不过这是老早计算在内的，就像打猎从马上跌了一跤那样。所以它只是向汤姆说："小伙子，现在是你下去的时候了，如果你是诚心诚意的话。不过我不相信。"

"你等着看好了。"汤姆说，他立即起身，那种勇敢的派头就像是个古代侠客。他涌身投进那道奔湍的急流，就像瀑布里的一条鲑鱼。

到达洞底时，他泅了半天水，最后就被安安全全冲到天外天的岸上。跟许多人一样，汤姆发现这座天外天并不像他预料的那样，倒是很像那个原来的老世界。这使他诧异之极。

他首先走过废纸州。这里对了满山满谷的坏书，就像冬天树林里的落叶一样多。他看见许多人都在这里挖掘搜索，从这些坏书里面编出更坏的书来。他们打的是秕糠，而他们保存下来的则是尘土。可是他们的生意非常兴隆，尤其是在儿童中间。

后来他沿着污水海走，到了龌龊山和糖果省。这儿的地都是粘的，原来是劣等牛奶糖做的。地上到处都是很深的裂缝和洞穴，里面装满了落在地上的果实，以及半生不熟的野生醋栗、酸山楂、野棠果、刺莓等等。还有一切小孩子们只要能够到手就吃下去的不好的东西。这些不好的东西被这一带的仙人一看见就来不及地藏起来。工作得很辛苦，可是无济于事（济：补益，帮助。对事情没有什么帮助或益处。比喻不解决问题。）。你藏得快，人家做得更快。你把旧垃圾藏起来，那些愚蠢歹恶的人又做出新垃圾来，里面全是石灰和有毒的颜料，甚至敢于从科学老太太的大书里面偷了药方来，发明许多毒害儿童的毒物，在闹市、花市和茶食店里出售。也罢，让他们去做，可是那位手里持有戒尺的罚恶仙人迟早将会捉住他们，叫他们从自己店里的这一头吃起，吃到那一头为止。到了那时候，他们就会一个个都害胃病，这正好医治他们那种毒害儿童的毛病。【阅读能力点：重申了“善恶终有报”的观点。】

汤姆接着到了一处，叫波罗普拉格磨新岛。

在这里，汤姆看见许许多多颠倒的事情，例如车子拉马，钉子敲锤，鸟巢爬孩子，书写作者，猴子给猫修面，死狗教活狮子操演，瞎了眼的旅长退休做大学校长，时髦演员改行去做时髦的牧师……总之，人人都是做自己不会做的事，原因是他们在自己会做的事情，或者自命以为会做的事情上面，已经失败了。

汤姆走到城中心时，那些人立刻全拥上来，要指点他的路，或者说，要指出他不认识路，原因是谁也没有想到问汤姆打算上哪里去。

可是这些人里面，这一个拉他到这边去，那一个推他到那边去，第三个叫道："你不能上西方，我跟你说，上西方是条死路。"

"可是我并不是上西方去。你可以看出来。"汤姆说。

另一个叫："东方在这一边，乖乖，你尽管放心去吧。"

"可是我并不要上东方去。"汤姆说。

"那么，反正是一样，不管你走哪一条路，你总是错的。"那些人异口同声叫出来（这大约是他们唯一能够取得一致的意见），几十只指头同时指着指南针上面三十二条线，弄得汤姆当作全英国的路标跑到一起来了，而且相互搏斗着。

汤姆这时能否逃出重围，实在很难说。幸而那只小狗忽然发起狂来，认为这些人要把它的主人撕得粉碎，就猛然上去咬着他们的小腿肚子，这才使他们稍稍想到自己的事情。当他们都揉着自己被咬伤的小腿时，汤姆和小狗就安然逃走了。

在这座岛的边缘上，汤姆找到一处叫哥坦姆（哥坦姆是英国古老传说中的愚人城，作者这里借用）。这是有名的智人城。传说他们看见月亮掉在池子里面，就在水里捞月亮；在布谷鸟四周筑了一圈篱笆，企图终年保持春天。汤姆发现这儿的人正在把城门用砖头砌起，因为城门太阔了，矮小的人走不进来。汤姆问他们为什么这样，他们告诉汤姆，这时扩大祈祷仪式。这反正不关汤姆的事，所以他起身走了，可是禁不住自己咕哝着，说在他的国家里，如果一只小猫不能跟大猫进洞的话，那么小猫只好待在外面咪呜去了。

【阅读能力点：在汤姆的观念里，自己的事情要自己做。】

接着汤姆到了一处大地方。他发现所有的居民，不论贵贱、男女、老少，都在日夜不停地逃命，求人家不要把那些他们不知道的事情告诉他们。

在这些人后面日夜追随着的是一个年老的巨人。看他那种可怜相，人又瘦，穿得又破，操作得筋疲力尽的样子，实在早就应该收容下来，请他吃一顿好饭，给他找一个好老婆，派他跟小孩子玩耍。那样的话，他就不失为一个很体面的老头儿。本来他的心是善良的，不过有点用心过度罢了。

这巨人的身体主要是鱼骨头和羊皮做的，再用铁丝和加拿大香胶缚牢，闻上去酒精气特别浓，虽则他从来不饮一滴酒。他鼻子上架一副大眼睛，一只手拿一只捕蝶网，另一只手拿一柄研究地质用的人用的锤子。身上到处都是口袋，装的是标本盒、瓶子、显微镜、望远镜、风雨表、军用地图。解实、夹钳、照相仪器和一切用来探索一切事务的一切，以至于一切其他的用具。

那些好人全都逃避他，只有汤姆不逃。他坚守着阵地，就藏在老人的大腿中间。老人走过时，向下一看，好像非常开心似的，叫道："怎么？你是谁？你跟其余的人不同，居然不想逃走吗？"这时汤姆看见他把眼睛取下来，想把汤姆看个清楚。

可是汤姆人多么机灵，哪会容这个巨人收集？他一头钻进巨人的大腿中间，到了他的后面。这样巨人就看不见他了。

"别来，别来，别来！"汤姆说，"我汤姆走了世界一圈，而且通过世界的中心，到了护持婆婆的归宿港，难道是给你这种老鬼拿网子兜住，替我起个海参、乌贼之类的名字，装在瓶子里的吗？"

巨人听说汤姆原来是个大游历家，立刻就跟他讲和。他非常高兴有人能够跟他谈些他不知道的事情，很想留下汤姆把他肚子里的东西全掏出来，一直留到今天。

“啊，你这个幸运的小狗头！”他终于说，派头非常单纯，因为他在古今那些巨人中间本来是最单纯、最讨人喜欢、最诚实、最仁慈的一个。“啊，你这个幸运的小狗头！要是我能够到过你到的地方，见识到你见识的东西，那要多妙啊！”

“好吧，”汤姆说，“既然你这样想，你顶好把头放在水里浸上几个小时，像我做的那样，变做个水孩子，或者别的孩子。那样你也许有个机会。”

“变做个孩子，呃！假如我能变做个孩子，领略一下做孩子的滋味（便是一个小时也好），死也甘心了。可是我变不了。我不能返老还童（返：扭转；还：回复原来的状态。扭转衰老，回复童年。形容老年人恢复了青春的健康或精神）。我想即使能够，也没有用处，因为那样的话，我就没法领会我遭遇的一切。啊，你这个幸运的小狗头！”可怜的老巨人说。

“可是为什么你要追赶这些可怜的人呢？”汤姆问，他很喜欢这巨人了。

“亲爱的，是他们赶我呀。他们父父子子、世世代代追了我几千百年，拿石头扔我，把我的眼镜扔掉了总有十几次。他们骂我是恶毒的缠头巾的土耳其人，把我赶来赶去。其实我只想跟他们友好，只想告诉他们一点对他们有好处的事情。可是不知道什么道理，他们总是怪害怕听见。我想我大约是个不通世故的人，不会耍手腕（这是讽刺当时某些人害怕科学与真理）。”

“可是为什么你不能停一下呢？”

“什么，亲爱的，你想想看。我如果停下来，所有的蝴蝶和雀儿都会飞过去，那样我捉不到新种类，我就会变得没精打采、倒霉瞌睡，终于死掉。我不想死，亲爱的。他们说，我有我的使命呢。到底是什么使命，我可不知道，也懒得知道。”

“懒得知道？”汤姆问。

“懒得知道。我的格言是：尽你当前的责任，捉着你碰到的第一只甲虫。这几百年来，我就是靠这句话事事顺利。现在我得走了，亲爱的。就在我跟你谈话的这段短短的时间内，至少有九种新品种逃过去了。”

巨人起身走了，他碰上一座神庙的钟楼（这一带的人当然都是偶像崇拜者，否则决不会害怕巨人），钟楼的上半截被他整个撞倒了，他把腰撞得生痛。

可是巨人一点儿不怕。那半截钟楼的残骸才一落在他两腿之间，他就在砖石中间捣来捣去，仔细检查，时时移动着眼镜，并且从口袋中取出放大镜来叫道：“一种全新的海蛆，和三种稀见的雪蚤啊！还有一种冰蛾，这太重要了！”

他一屁股在神庙正中坐下（他就是这样不通世故），来仔细看他的雪蚤。这一下（这也是意想得到的），神庙顶整个陷了进去，把里面的偶像打得粉碎，许多神甫从门窗里逃了出来，就像一头雪貂钻进兔子窝，赶得兔子四散奔走。

可是老头毫不理会。这时灰尘中飞出来一只蝙蝠，立刻就被他捉着。

“天哪！这个更加重要了！”

他把蝙蝠放在口袋里，站起身走了。那些人仍旧奔逃着，眼看见这个巨人为了三种稀罕的雪蚤和一只蝙蝠就把他们的神庙毁掉了，一个个都非常不开心。

“哎，”汤姆心理想，“这场是非也不能算小啦。”

就是这样，巨人兜着圈子追赶那些人，那些人也兜着圈子追赶巨人。据我所知，或者我所不知，他们到今天还是这样追逐着。【阅读能力点：对上面的事情做了一个总结，以便开始另一段故事。】

然后汤姆到了一座有名的岛。这岛在大航海家格列佛船长时代叫做拉普达岛。可是罚恶仙人替它换了一个名字，叫大头娃岛，因为岛上的人全只有脑袋，没有身子。

汤姆游近那座岛时，先听见一片哼哼唧唧、哀哀切切、哭哭啼啼的声音，使他当作有人在穿小猪的鼻孔，或者剪小狗的耳朵，或者淹死小猫。可是等他游泳得更近一点时，他开始听出那片声音里面还夹着话。原来就是那些大头娃娃从早到晚，而且彻夜通宵向他们的伟大偶像“考试”唱的歌：“我学不会我的功课呀，考试先生来了呀！”【写作借鉴点：几个叠词的罗列描写，使大头娃娃的歌声更加有趣。】

这是他们会唱的唯一的一支歌。

汤姆上岸之后，看见的第一件东西是一根大柱子，柱子的一面刻着“禁止携带玩具”。这使汤姆吃惊不小，所以柱子左面写的什么他也不想看了。他向四周寻找岛上的人，可是男女老少全找不到，只找到些大萝卜、小萝卜、糖萝卜、粗萝卜。萝卜上面一片绿叶子都没有，而且半数都已裂开腐烂，里面已经生出毒菌。剩下来的一半开始向汤姆哭着说，同时用五六种不同的语言，而且全都说得不周全。

“我学不会我的功课，快来帮助我呀！”有一个叫，“你能告诉我开这个平方么？”

另一个叫："你能告诉我天琴星α和长颈鹿星β之间的距离吗？"

另一个叫："美国奥里贡州诺门县斯奴克镇的经纬度是多少呀？"

另一个叫："我的远房堂弟祖母的女佣的猫叫什么名字呀？"

另一个叫："一个相当有精力的学校视察员从伦敦翻筋斗翻到约克郡需要多久？"

另一个叫："在一个还没有被发现的大陆上有一个地方，那儿谁也没听说过，任何事情也没有发生过。你能告诉我它的名字吗？"

另一个叫："这一段论鳄鱼为什么不能说话的古书错得一塌糊涂，你能不能给我改订一下呢？"

如此类推，简直弄得人莫名其妙（说不出其中的奥妙。指事情很奇怪，说不出道理来。）。

"就算我告诉了你们，这对你们有什么好处呢？"汤姆问。

哎，他们连这个也不知道，只知道考试先生要来。

汤姆接着在一块萝卜田里，撞上一只你生平仅见的最大最柔软而且早熟的萝卜，把田里一个洞整个填满了。它向汤姆叫："你能不能告诉我一点你想说的任何事情呢？"

"什么呢？"汤姆问。

"任何你想说的事情。因为我学得虽然快，忘得也一样快。所以我妈妈说我的脑子不适合学系统科学，还是学点常识（general，在英语中有普通的意思，也有军官的意思，汤姆错把它当做后者来理解了）吧。"

汤姆告诉他，说自己并不认识什么上士，也不认识什么军官。

他过去只有过一个在军队里当鼓手的朋友。不过他这一路上看见的奇闻异事，倒有许许多多可以告诉它。

汤姆于是跟它谈起来。这可怜的萝卜听得很仔细。可是听得越多，忘记得也越多，身上的水也出得越多。

汤姆当做它哭了。可是这只是它工作过度，脑力消耗得太快的缘故。所以汤姆一面谈，这个不幸的萝卜就浑身上下都淌出萝卜汁，身子裂开，而且萎缩得只剩一层皮和一包水。汤姆一看这般光景，吓得赶快溜掉，怕有人抓着他，说他把萝卜害死。【写作借鉴点：天马行空的奇思妙想，丰富了读者的想象。】

可是相反地，萝卜的父母却非常高兴，认为自己的儿子是圣徒和殉教者，在它的坟上刻了一大篇碑文，叙述自己儿子的天才如何的了不起，如何的智慧，可以称得上举世无双（独一无二，全世界找不到第二个。）的神童等等。这对夫妇可蠢不蠢？可是在它们隔壁还有一对更蠢的夫妇，正在责打一个可怜的小红萝卜。这个红萝卜还没有我的拇指那么大，它父母责备它因为它闷声不响、固执而且愚蠢，然而从没有知道它所以学不好和不大讲话的原因，是因为有条寄生虫在它身体里面，吃它的脑子。不过便是这一对父母，比起世上千千万万做父母的也愚蠢不了多少。许多做父母的都是在应当给孩子找新玩具的时候找上戒尺，在应当请医生的时候把孩子关进黑橱柜里！

汤姆看到这一切使他非常迷惑而且害怕，急于想找一个人问一问究竟。【阅读能力点：汤姆对看到的事情不是很理解，急于寻求答案。】他居然碰上一根身子一半埋在土里的旧手杖，他就上前请教。

“你知道，”手杖说，“从前这里原有许多理想的美丽的儿童。当初如果让他们像常人一样长大起来，再交到我手里的话，他们可能到现在仍旧是可爱的儿童呢。可是它们愚蠢的父母不许他们像普通小孩子一样，去摘野花、做泥饼、偷鸟巢、环绕着醋栗花丛跳舞等等，却硬逼着他们做功课，做啊，做啊，做啊，星期一到星期六学平日的功课，星期日学星期日的功课。每星期六有周考，每月有月考，每年有大考，一门课程要考七遍，好像一遍无论如何不够，不过瘾似的。弄到后来，这些孩子的头脑全变大了，身体都变小了。他们全变成了萝卜，肚子里什么也没有，只有一包水。然而他们愚蠢的父母还要把他们的叶子一生出来就摘掉，生怕他们沾染上一点绿颜色。这是的的确确的事。”

“唉！”汤姆说，“如果亲爱的福善仙人知道这事，她就会给他们送来许许多多的陀螺、皮球、玻璃球等，叫他们一个个快活得像天仙一样。”

“没有用，”手杖说，“他们现在就是要玩，也玩不了啦。你难道看不出他们的两条腿，由于从不运动，而且永远在一个地方百无聊赖（聊赖：依赖。精神上无所寄托，感到什么都没意思。），已经在地上生了根了吗？可是现在那个大主考来了，我劝你还是走吧。不然的话，他就会顺带把你和你的狗来一个考试，而且派你的狗去考其他所有的狗，派你去考其他所有的水孩子。他的鼻子有九千英里长，能够钻烟囱，钻钥匙孔，上楼，下楼，穿堂入室，所有的小孩子，所有的小孩子的教师，一律都要由他考试。所以你决计跳不出他的手掌心的。可是有一天他吃鞭子时（罚恶仙人答应过我的），我要亲自来抽他。如果我不狠狠打他一顿，那就算我没种。”

汤姆走了，可是走得很慢，很激愤，原来他有意思要会一会这位大主考。这时候，主考正沿着可怜的萝卜田大踏步走来。他连一个指头都不屑碰一下那些孩子，原因是他有许许多多的钱，而且有所考究的房子住着，而那些可怜的小萝卜是远比不上啊。

可是当他走近时，他一副身材是那样魁梧、结实而且专横，并且大声向汤姆叫喊，要他来考试，吓得汤姆和小狗赶快逃命。的确他也该溜了，因为那些可怜的萝卜，心里又急又怕，都赶快把东西往肚子里塞下去好来对付主考。这一来，在他周围就有几十个萝卜都爆裂开来。那片声音听去就像军队进行军事演习一样，汤姆简直当做自己连人连狗全都炸到天上去了。【阅读能力点：萝卜们都在想尽一切办法来应付考试，这让我们不禁想起了现实中的学生。】

当他到达海边时，他经过那个可怜萝卜的新坟。可是罚恶仙人已经把原来恭维他的天才和智慧的碑文移开，换上她自己写的碑铭。在汤姆看来，这要有道理得多。碑文是：

“我苦苦地忍受，学习了好久，

但再塞些也没有用；

算老天有眼就我脱难，

使我的脑子水肿。”【写作借鉴点：心酸的语言，描述了那个可怜的萝卜的一生，而且汤姆也认同这个观点。】

汤姆涌身跳进海里，一面游一面唱道：

“再见了，大头娃娃们，再见，

我算是运气只晓得三件，

会读，会写，再加上会算，

将使我通过任何的苦难。”

接着汤姆到了一处叫无稽国，这里的人全是信奉邪教的，崇拜一只哀叫的猿。

他碰到一个小男孩坐在路上，哭得很伤心。

“你为什么哭？”汤姆问。

“我要使自己害怕，但是我怕得不够。”

“怕得不够？你真是个怪家伙。不过，你如果要害怕的话，那么你瞧——哇！”

“唉，”小男孩子说，“我很感谢你的好意，不过我觉得这一点儿不可怕。”

汤姆答应掀他的筋斗，扭他，踏他，用棍子敲他的头，任何事情，只要能够使他有一点点害怕的，都来。

可是孩子只是很有礼貌地谢谢汤姆，仍旧啼哭不止。他说的话用些漂亮的长字眼，原来全是从大人那里听来的，因此认为自己用来也很恰当。终于他的爸爸妈妈跑来了，立刻派人去请医生。这一对夫妇虽然信奉邪教，心地倒很良善，和汤姆谈他旅途中的所见所闻谈得很开心。后来医生来了，原来是一位巫医，腋下还夹了一只行法的法术箱。

巫医是个胖胖的讨厌的人。汤姆初看见他很有点害怕，把他当作葛林先生。可是不久就发现自己错了，因为葛林先生看人总是正视，这个家伙却从不如此。他只要一张口，就有火和烟喷出来；一打喷嚏，就会乒乒乓乓地发出一连串的爆竹声；一声叫喊（在他觉得这样做是合算的时候才做），就射出滚烫的沥青，而且有些沥青准会粘在你身上。

“我们又碰见了！”他叫，就像哑剧里的小丑，“你原来不觉得害怕，我的小乖乖，嗯？我替你来。我会叫你害怕！呀！哇！哗啦啦！章鲁鲁！”

他把自己的法术箱敲得震天响，一面拿在手里挥舞，嘴里大喊大叫，胡言乱语（指没有根据，不符实际的瞎说，或说胡话。），吼声如雷，跺脚，疯狂地跳跃，完全是一派邪魔外道的行径。接着他按一下法术箱的弹簧，立刻从箱子里面跳出许多大头鬼、摇动着的电影、纸糊的妖怪、脚下装有弹簧的人头，等等，同时发出一片可怕的叮叮当当、咕咕噜噜、轰轰隆隆的声音，把那个小孩吓得两眼向上一翻，登时晕了过去。

这一来，逗得那邪教的父母心花怒放（怒放：盛开。心里高兴得像花儿盛开一样。形容极其高兴。），就像找到一座金矿似的，双膝跪在巫医面前，请他坐上一顶轿子，轿杠是银的，轿帘是金丝织的，夫妇二人亲自来抬他。可是才一抬起，轿杠就粘在他们的肩头，从此就再放不下，只好死活一直抬着他走，就像辛伯达掮着海上老人一样（这是一千零一夜里的故事。辛伯达看见一个瘫痪的老人，出于慈悲把他背起来。老人反而用双手扼着辛伯达的脖子，叫他永远听从自己的命令）。那副模样看上去实在可怜。再说，这个做父亲的还是个勇敢的军官，身上带了两把刀，头上还戴的蓝顶子；那母亲也是个美丽的妇人。可是你看，他们就是愚蠢的事情做得太多了，所以依照罚恶仙人的规条，就要罚他们抬轿子，不抬也要抬，一直抬到世界清明为止。

“现在，”那个巫医跟汤姆说，“小乖乖，你可愿意受一下惊吓？我清楚看出你是个恶劣的堕落无耻的家伙。”

“你也是一个。”汤姆说，态度非常强硬。

那人向汤姆赶来，嘴里喊，“哇”，汤姆也向他赶去，同样喊，“哇”，跟他面对着面，同时叫小狗向他的大腿扑上去。

这一来，你信不信，那家伙带着法术箱转身就跑，气喘吁吁地就像草场上的一头老母猪。他一面逃命，一面叫喊，“救命啊！有贼啊！杀人啦！放火啦！他要杀死我啦！我这可完蛋啦！他要谋害我呀，要打掉、烧掉、毁掉我的法术箱呀！那一来，国内就再也祈不到雨啦！救命啊！救命啊！救命啊！”

经他这一叫唤，那些爸爸、妈妈和无稽国所有的人全都来追赶汤姆，喊着，“唷，这个坏心的、狠心的、老脸皮孩子！打他，踢他，拿箭射他，拿绳子绞死他，放在水里淹死他，放在火里烧死他！”以及诸如此类的话。幸运的是他们要射他、绞他、烧他都没有家伙，因为适才不久仙人已经把一切杀人利器全搬开了。因此他们只能用石子掷汤姆，有些石子打中汤姆，从后心进去，前心出来。可是汤姆因为是个水孩子，丝毫不觉得痛，那些洞随即就长拢了。不过当他安然逃出无稽国时，他也大大地松了一口气，因为那片追逐的声音吵得他耳朵都聋了。

接着他游到一处非常清净的国土，叫做“与世隔绝（与社会上的人们隔离，断绝来往。形容隐居或人迹不到的极偏僻地方。）”。在这里，太阳把水从海里提出来，纺成汽纱，再由风把这些丝织成美丽的云锦，给人家做婚礼的面纱，或者挂在他们的大公司里给买得起的人去买。那个善良的海老人也从不抱怨一声，因为他知道这些最后都会偿还给他，决不欺骗。因此太阳纺纱，风儿织锦，这座大织汽机就这样顺利地开动着。【写作借鉴点：将云的形成过程用拟人的手法描述出来，太阳纺纱，风儿织锦，形象、生动，妙趣横生。】

汤姆一路上经历了无数奇闻异事，而且每次都愈出愈奇。最后，总算望见了一座大房子。这所房子要比一所疯人院大得多。汤姆向这座大房子走去，心里盘算这不知是个什么所在，同时有一种古怪的感觉，好像可能在里面找到葛林先生。这时有三四个人向他奔来，叫他站住。汤姆等他们走近时一看，原来是三根警察手里拿的警棍，胳膊和腿都没有，就这样跑来。

汤姆看了并不吃惊。他早已过了吃惊的时期了。【阅读能力点：说明汤姆已经成长了，有了一定的生活阅历。】他总有上百次看见硅藻没有胳膊，没有腿，也没有任何替代的东西，在水里游着，谁也不知道他怎样动的。同时他心里也不害怕，因为他自问没有做坏事。他站下来。领头的一根警棍走上来问他做什么时，他就拿出护持婆婆的护照给他看。那警棍看护照的模样异常特别，因为他只有一只独眼，就长在棍子上首的正当中，同时身子又是僵硬的，所以看东西时，只好把身子倾斜过来，身前耸着，可怪的是他并不因此就栽下来。不过凡是警察都是充满公正感的，所以警察用的警棍也必然如此，因此不论他们怎样站法，总还是能维持一个平正的地位。

“好吧——去吧。”他总算开口。后来又接上一句，“我还是跟你一起去吧，小伙子。”汤姆当然没有异议，跟警察一路走总是体面而且安全的。【阅读能力点：汤姆的生活阅历在增加，而且对事情有了自己的见解。】那位警棍把自己的皮圈——刚才跑来时皮圈送了下来——在柄子上绕好，免得自己绊了跌交，就和汤姆并排走起来。

“你怎么不在警察的手里呢？”汤姆停了一会问他。

“因为我们跟陆地上那些笨拙的警棍不同。那些棍子一定要有整个的一个人拿着，否则就走不了。我们是自己的工作自己做，而且做得很好，不过我要说，谁不应该如此呢。”

“那么为什么你的柄子要扣根皮圈呢？”汤姆问。

“那当然是我们下班时把自己挂起来用的。”

汤姆得到满意的回答，就不再开口。接着他走到监狱的大铁门前面。警棍用自己的头撞了两下门。

门上的一扇小洞开了，一杆黄铜的巨大的老式土枪伸出头来张望，枪膛满满装的子弹，一直装到枪口。这就是狱卒。汤姆看见他，不由得往后一缩。

“这是哪一桩案子？”他用深沉的声音问，那声音就是从那钟口一样的大嘴里发出的。

“对不起，老爷，不是案犯，是老太太那儿派来的一位年轻先生，要探望那个扫烟囱的葛林的。”

“葛林吗？”土枪说。他把枪嘴缩了进去，大约是看一下囚犯的名单。

“葛林在三百四十五号烟囱上面，”他在门内回答，“年轻先生顶好从屋顶上去。”

汤姆望望那座高大的墙，望去至少总有九十英里高，正盘算不知怎样上去法。可是当他把这事向警棍提及时，警棍登时就替汤姆解决了。原来他在汤姆身子四周这么一扫，从汤姆背后吓了他一大跳，这一跳顷刻就使汤姆上了屋顶，腋下还挟着那只小狗。

汤姆沿着屋顶上的铅板走去，又碰见一根警棍，就告诉他自己的来意。

“很好，”他说，“你来吧。不过你是白费。葛林在我看守的犯人里面是最最不知悔改的家伙，心肠狠毒，说话下流，一脑门子只想啤酒和抽烟。当然，这在狱里都是不容许的。”

两人一路沿着铅板走去。铅板上全是煤灰，汤姆想到那些烟囱一定好久不扫了。可是使他觉得奇怪的是，那些煤灰一点不粘脚，也不弄脏他们。还有烧红的煤块散得一地都是，可是也不烫伤他。

这是因为汤姆是个水孩子，体质本来又湿又冷啊！

三百四十五号烟囱总算走到了。【阅读能力点：这就意味着汤姆的目的地到了。】葛林先生的头和肩膀刚刚从烟囱里面伸出来，满身全是煤污，那副丑相使汤姆简直不忍心看。他嘴里还含着一根烟斗，烟斗没有点火，可是葛林先生还是狠命地抽。

“放规矩些，葛林先生，”警棍说，“有一位先生来看你呢。”

可是葛林只是骂些下流话，嘴里不绝地叽咕着，“我的烟斗抽不动。我的烟斗抽不动。”

“嘴里不要不干不净，放规矩些！”警棍说。说时身子一纵，就像剧中小丑一样，用自己身体在葛林先生头上砸了一下，砸得葛林先生的脑子在脑袋里面直摇，就像干了的核桃仁在胡桃里面摇动一样。【写作借鉴点：此处运用夸张、比喻的手法写出了葛林先生的脑子已经严重缩水。】他打算把手抽出来，摸摸痛处，可是手紧紧夹在烟囱里面，抽不出来。

这时他不得不规矩了。

“哎！”他说，“哦，这不是汤姆吗！我想你是来嘲笑我的，你这可恶的小鬼头，是吗？”

汤姆再三跟他说，并不是来嘲笑他的，而是来帮助他的。

“我什么帮助都不要，只要啤酒，而啤酒偏偏到不了手。我要找个火把这个可恶的烟斗点着，偏偏也到不了手。”

“我给你找个火。”汤姆说。他拿起一块红煤（地上到处都是的）给葛林先生点上烟斗，可是烟斗立刻又熄掉。

“没有用的，”警棍说。他身体斜靠着烟囱，在冷眼旁观。“我跟你说，没有用的。他的一颗心太冷了，随便什么东西一靠近他就会冻结。你底下就会看见，清清楚楚看见。”

“当然啊，这是我的过失。什么事都是我的过失。”葛林说，“现在你可不要再砸我了。”这是警棍站得笔直，神情很恶。“你知道，如果我的两只胳膊是自由的，你就不敢打我。”

警棍仍旧斜靠着烟囱，葛林对他这样侮辱，他毫不介意。他真像个训练有素的警察啊。他不管私人的恩怨，可是只要有人破坏法律和社会秩序，他就要给人家厉害看。

“可是我没有别的法子帮助你啊。我能不能帮你爬出烟囱呢？”汤姆问。

“不能，”警棍阻止他。“他自己弄到这种地步，只有他自己能帮助得了。他要对付掉我，我希望他先要明白这一点。”【阅读能力点：给人以启示：自己做的事情必须自己来承担后果。】

“是呀，”葛林说，“当然都是我。是我情愿关到监狱来的吗？是我情愿把燃烧的稻草放在身子下面，把我赶上烟囱的吗？是我情愿扫这座煤烟塞满的瘟烟囱，把身子陷得不能动吗？是我情愿待在这里（我也记不清了），一百年之久吗？烟斗不能抽，啤酒没得喝，过得连个畜生都不如，不要说是人了，是我情愿吗？”

“不是你情愿的，”汤姆身后一个庄严的声音回答，“在你同样对待汤姆的时候，那也不是汤姆情愿的。”

说话的原来是罚恶仙人。警棍瞧见仙人，立刻站得笔直，行了个立正礼，又深深一鞠躬。要不是他具有公平正值的精神，他准会一头栽在地上，而且还会碰伤他那只独眼。汤姆也向仙人鞠了一躬。

“啊，太太，”汤姆说，“别谈我的事情了。那都是过去的事。好日子，坏日子，所有的日子，全都要过去的。可是我能不能帮助一下葛林先生呢？能不能让我把这些砖头搬开几块，让他松动一下胳臂呢？”【阅读能力点：汤姆原谅了葛林先生对他所做的一切，他已经长大了。】

“当然，你可以试一试。”仙人说。

汤姆就来拉那些砖头，可是一块也搬不动。后来他又想给葛林先生揩掉脸上的煤灰，可是煤灰再也揩不掉。

“天呐！”他说，“我这么老远跑来，经历了无数艰险，为的要帮助你，可是现在我还是一点办法没有。”

“你顶好不要管我了，”葛林说，“你是个忠厚的小东西，这是真话。可是你顶好走吧。冰雹不久就要来了，要把你的眼珠都打出来呢。”

“什么冰雹？”

“就是每天晚上在这儿下的冰雹呀。它没有落到我身上时，就像一阵暖雨；可是临到我头上时，它就变成雹子，打在我身上像枪弹一样。”

“冰雹不会来了，”仙人说，“我和你说过这是什么。那是你母亲的眼泪，是她跪在床面前给你祈祷的时候流的，可是被你的冰冷的心冻成雹子。可是现在她已经安息，再不会为她狠心的儿子哭泣了。”

葛林听了仙人的话半晌没有开口，后来显出很凄惨的样子。【阅读能力点：冰雹不会来了，同时意味着葛林的母亲去世了，他这时的心情可谓五味陈杂。】

“原来我母亲去世了，而我在她临终前都没有跟她说一句话！唉！她真是个好女人，如果不是因为我不学好，也许到现在还在凡谷的小学校里快快活活地过呢。”

“她在凡谷开小学吗？”汤姆问，接着他就告诉葛林一切的经过：自己怎样到的她家，怎样她看见一个扫烟囱的小孩不高兴，后来她又待他怎样好，后来自己怎样变做水孩子。

“唉！”葛林说，“她看见扫烟囱的孩子不高兴，是满有理由的。我从家里逃出来，学了做扫烟囱的。我从来不让她知道我住在哪里，也从不寄一个钱给她。现在是来不及了，来不及了！”葛林先生说。

他不禁大哭起来，像个大娃娃一样呜咽咽的，哭得烟斗从嘴里掉出来，跌得粉碎。

“天呐，假如我能够重新做凡谷的一个小孩子，看看那里的清溪、苹果园和水松的的篱笆，我过的日子将会多么不同啊！可是现在是来不及了。所以你走吧，你这个好心的孩子，不要站在这里看一个大人哭泣。我的年纪足可以做你的父亲，而且从来没有怕难为情过，再坏的人面前也不怕。可是我现在垮了，也活该如此，是我自己铺的床，只好我自己去睡。【阅读能力点：葛林先生尝到了自己所做的错事的恶果，并且承认了自己的错误，他很后悔，但是觉得一切都来不及了。】就像一个爱尔兰女人从前说过的，是我自甘下流，当然下流到底。这话当时我听了并没有放在心上。这全是我的过错，可是来不及了。【写作借鉴点：呼应前文，再次提到仙人所说的“恶有恶报”的话语。】”他哭得那样伤心，引得汤姆也哭起来。

“没有来不及的事情，”仙人说。她的声音非常柔和，又非常陌生，汤姆不禁抬头望望她。有这么一会儿，她看上去非常美，汤姆几乎把她当作她的妹妹。

果然并不是来不及。当可怜的葛林先生呜呜咽咽哭泣的时候，他自己的眼睛竟做了他的母亲和汤姆和世上任何人所不能做的事。他脸上的和衣服上的煤灰被他的眼泪全洗掉了。接着又把砖头缝中间的灰泥冲掉。那座大烟囱倒坍下来，因此葛林就从烟囱中脱身而出。

警棍赶忙跳起来，预备给他当头一棍，像敲瓶塞一样把他敲进去。可是仙人挥开他。

“如果我给你一个机会，你肯服从我吗？”

“随您吩咐，太太。你比我本领大，这个我满知道，也比我聪明，这我也满知道。我从前就是不听人说，一意孤行（指不接受别人的劝告，顽固地按照自己的主观想法去做。），因此落到现在这种地步。所以太太你高兴派我什么就派我什么好了。我这人是垮了，就是如此。”

“那么就这样说，你可以出来了。可是记着，如果再违抗我，你就到一个更坏的地方去。”

“对不起，太太，我想不起过去曾经违抗过你。我还是来到这个瘟地方之后，才荣幸地见到您的。”

“从前没有见过我吗？那么那句自甘下流的话将要下流到底的话，是谁告诉你的？”【阅读能力点：终于，前文提到的爱尔兰女人的身份揭晓了。】

葛林抬起头来，汤姆也抬起头来。原来这声音就是那天他们师徒二人上哈特荷佛府去时，碰见的那个爱尔兰女人的声音。“我当时警告过你，可是你在事前事后也曾警告过自己千百次过。你讲的每一句下流话，你做的没意见卑鄙肮脏的事，每一次你喝醉了酒，每天你做下作的事情，你都在违抗我，不管你知不知道。”

“太太，我当时假如知道的话——”

“你满知道你是在违抗什么，不过你不知道是违抗我罢了。现在你出来，试试你这一次的机会，也许是你最后的一次机会。”

葛林听说便从烟囱里走出来。说实在话，如果不是他脸上那个疤，他那模样倒也够得上一个扫烟囱老板那样干净体面呢。

“把他带走，”仙人跟警棍说，“给他一张许可证。”

“他去做什么呢，太太？”警棍问。

“派他去打扫阿特那火山穴。那里他会碰见有些人经常在那边，他们会教给他打扫。可是记着，如果火山穴有一天又堵塞起来，引起地震的话，你得把他们全押了来，我要认真查究这件事。”

葛林先生被警棍押走了，那样子就跟一个淹死的人一样听话。

据我所知，葛林先生直到今天还在打扫阿特那火山呢。

“现在，”仙人对汤姆说，“你在这儿的工作已经做完了。你还是回去吧。”

“回去我是求之不得（想找都找不到。原指急切企求，但不能得到。后多形容迫切希望得到。）的，”汤姆说，“可是现在海底那个大洞已经停止喷汽了，我怎么能够再从洞里上去呢？”

“我带你从后楼梯上去，不过先要把你的眼睛扎起来。因为我从不许任何人看见我的这些后楼梯的。”

她用一只手把手巾扎紧汤姆的眼睛，另一只手就把它解下来。

“现在，”她说，“你已经安安稳稳上了楼了。”汤姆惊得把眼睛睁得多大，嘴也长得多大的，因为他觉得自己一步也没有动过。可是当他向周围眺望时，毫无疑问他已经安安稳稳上了后楼了。至于这到底是什么一回事，谁也无法告诉你，因为摆明没有一个人知道呵。

汤姆首先望见的是一列深暗的杉木，在淡红色的晨曦中望过去又高大又清晰。白兰登仙人岛在一片平静的银光灿烂的大海上映出水中的影子。杉木中风声吟啸，洞穴中水声唱和。海鸟一面叫，一面成串地投入海中。陆栖的鸟一面唱一面在树枝间做窝。空气里到处都充满了歌声，连沉睡在阴影中的白兰登圣徒和他的那些隐士都伸动了。他们都开启自己古老而善良的嘴唇，歌唱他们的晨歌和他们的梦。可是夹在无数歌声之中，隔水传来一个最柔美最清新的歌喉，那是一个女孩子唱的歌。【写作借鉴点：优美的景色，动听的歌声，让一切显得那么的美好、和谐。】

那么，她唱的是什么歌呢？唉，我的孩子，我的年纪太大了，唱不好这支歌。你的年纪也太轻了，听不懂这支歌。可是只要耐心点，只要你永远保持心地单纯，两手清白，有一天你自己也会唱出来，并不需要什么人来教。

当汤姆游近岛上时，他望见一个从来没有见过那样可爱的女孩子在礁石上坐着，手托着腮，两只脚在水里划水。当他们游近时，她抬起头来。汤姆一看，原来就是爱丽。【阅读能力点：事情又回到了汤姆希望的原点。】

“呀，爱丽小姐，”他说，“你长得多么高啊！”

“呀，汤姆，”她说，“你也长得多么高啊！”

果然如此，他们两个人都长得很大了。他已经是一个高大的男子，她也长成一个美丽的女郎了。【阅读能力点：不只是身体上的成长，也暗示着他们心灵的成长、成熟。】

“也许是我长大了，”她说，“我的日子也过够了。我坐在这里等你总有好几百年，后来我简直当作你永远不会回来了。”

“好几百年？”汤姆心里盘算着。可是他在旅途中见识的事情太多了，所以一点不感觉到惊异。而且他现在脑子里什么也不想，只想到爱丽。就是这样，他们站在那里，你望我，我望你，两人都恋恋不舍，站了整整七年功夫相互望着，也不说话，也不动弹。

终于他们听见仙人说话了：“听着，孩子们。你们难道不再看看我吗？”

“我们这都在看着你呀。”他们说。原来他们自己觉得是在看着仙人呢。

“那么就再看看我吧。”仙人说。

他们朝着仙人看看，两个人同声喊出来：“呀，你到底是谁啊？”

“你是亲爱的福善仙人。”

“不，你是善良的罚恶仙人，可是现在你长得非常美丽了！”

“在你眼睛里是这样，”仙人说，“可是再看看。”

“你是护持婆婆。”汤姆说，声音很低，很严肃。原来他已经领悟到一些东西，这使他满心欢喜，同样又感到害怕，比他过去一切见到过的东西都更加使他害怕。

“可是你又变年轻了。”

“在你看来是这样，”仙人说，“再看看呢。”

“你就是那天我上哈特荷佛府去时碰见的爱尔兰女人啊！”

他们望着她时，觉得一个都不像，然而同时又个个都像。

“我的名字就在我眼睛里面，只要你们的眼睛看得见。”

他们仔细望着仙人那双又大又深又温柔的眼睛，那双眼睛就像钻石的光彩一样，不绝变换着各种颜色。

“现在可以看出我的名字啦。”仙人说。

她的眼睛眯了一眯，有这么一会儿，发出一种清澈耀眼的白光来。可是两个孩子仍旧看不出她的名字，把眼睛都看花了，都用两只手蒙着脸。

“还早呢，孩子们，还早呢。”她微笑着说，接着转身向爱丽说。

“爱丽，你现在每星期日可以带他回家去了。他打了一场大仗，立下了功劳，现在算得上一个男子汉，也配跟你一起去了。这都是由于他做了自己不喜欢做的事情啊。”

所以汤姆每逢星期日都随爱丽回家，有时候不是星期日也去。他现在已经是个大科学家了，能够设计铁路、蒸气机、电报、步枪等等。他懂得一切的一切，只是有几件事弄不懂，例如鸡蛋为什么孵不出鳄鱼来之类。因为这是谁也不懂得的。而他懂得的一切全是他在海底下做水孩子时学到的啊。

“汤姆和爱丽当然结婚了，对吗？”

孩子，这种想法多么无聊啊！你难道不知道，在童话里，王子和公主以下的人从来不结婚吗？

那么汤姆的小狗呢？

哦，你在七月里任何一个晴朗的夜晚都可以望见它。原来天上的天狗星（天狗星亦称天狼星，根据罗马的传说，夏天最热的几个星期，是因为这个时期里，天狗星跟太阳同时升起，增加了热度）在过去三个夏天已经烧得很坏了，所以后来简直没有热天。他们只好把原来的天狗星摘下来，把汤姆的小狗放上去代替它。它是新官上任，总要有一番作为，所以今年我们总可以盼望有点暖天啦（英国的夏天并不太热，像我们的五月天，所以人人都盼望夏天）。我的故事讲到这里完了。

【学习要点】

汤姆继续他的寻找葛林之路，他穿过海底，到达天外天，走过废纸州，越过龌龊山和糖果省，逃出波罗普拉格磨新岛，走过哥坦姆，经过大头娃岛，历尽千难万险，终于找到了葛林。最后感化了葛林先生，而他也回到了有爱丽的地方。

【读品悟】

汤姆在寻找葛林的路上，面对怪物毫无惧色，还能思路清晰，表现了汤姆的成长；他对死去的萝卜的同情，突出了他的善良，以及能自主分辨善恶；见到葛林先生后，他不计前嫌，努力帮助葛林先生，更预示着他的成长、成熟。

【思考探究】

1. 汤姆来到哥坦姆，得知这儿的人正在把城门用砖头砌起来，是因为城门太阔了，矮小的人走不进来的时候，说在他的国家里，如果一只小猫不能跟大猫进洞的话，那么小猫只好待在外面咪呜去了。这句话是什么意思?

2. 最终爱尔兰女人的身份揭晓了，她到底是谁?

结尾和教训

名师导读

且说，孩子，我们从这个寓言里应当吸取什么教训呢？

我们应当吸取三四十件教训。究竟有多少我也说不准，可是至少有一件教训是我们应当学到的，就是：当我们看见池塘里面的水蜥时，切不可拿石子扔它，或者用钩子钩它，或者把它们和丝鱼放在一个缸里养。那样的话，丝鱼就会刺它们可怜的肚皮，使它们跳出缸，到了什么人的针线盒子里，因而死于非命。要知道这些水蜥不过是些愚笨而肮脏的水孩子，由于这些水孩子不肯学功课，不肯保持清洁，才弄到如此的。就因为这样缘故（现在的人学问还不够，不过五十年后的比较解剖学家将会告诉你怎样变的），它们的额头变平了，下巴鼓了出来，脑子变小了，尾巴加长了，肋骨全小时了（这一点我想你决不会愿意的），皮肤变得又肮脏，又是斑斑点点。他们从来不游进清水河，更说不上到大海里去，而是永远守在污秽的池塘里，睡的是烂泥，吃的是小虫。他们就只配这样。

可是这并不成为你应当虐待它们的理由。相反，你正应当怜悯它们，好好地待它们，巴望它们有一天能觉醒过来，对自己下贱、污秽、懒惰、愚蠢的生活感觉到羞耻，努力自新，于是重新变做好一点的东西。只要它们肯悔过，只要它们肯苦苦地干，认真地洗澡，也许经过三十七万九千七百二十三年九个月十三天两小时二十一分钟之后（不过我也搞不清楚），它们的脑子就会变得大些，它们的下巴就会变得小些，它们的肋骨又会生出来，它们的尾巴就会萎缩掉。那时它们又将变做水孩子，而且后来还会变成陆地上的孩子，而且之后还会长大成人。

你认为它们不会吗？也罢，我敢说你比我清楚。不过，你知道，有些人非常喜欢这些可怜的水蜥呢。水蜥从不伤害任何人。即使要伤害，也伤害不了。它们唯一的缺点是没有用处，就像无数比它们高一等的动物一样。可是那些鸭子呢，那些梭鱼呢，那些丝鱼呢，那些水甲虫呢，那些淘气的儿童呢，他们不是像苏格兰人说的“被人治得很苦吗”？所以有些人不由得希望他们总有一天，在什么地方，能获得一个改造的机会，消灭这种不平的现象。

至于目前，你还是好好学习你的功课吧。你应该衷心感谢有这么多冷水给你洗澡，而且洗个痛快。那样的话，就算我的故事靠不住，这些好事情总是靠得住的。就算我的话讲得不对，只要你坚持工作，坚持洗澡，你这样做总是对的吧。

可是你一定要记住，就像我一开始告诉你的，这只是一个童话，只是虚构的有趣的故事：因此，你一个字也不需要相信，即使它是真实的。